Agatha Christie
(1890-1976)

AGATHA CHRISTIE é a autora mais publicada de todos os tempos, superada apenas por Shakespeare e pela Bíblia. Em uma carreira que durou mais de cinquenta anos, escreveu 66 romances de mistério, 163 contos, dezenove peças, uma série de poemas, dois livros autobiográficos, além de seis romances sob o pseudônimo de Mary Westmacott. Dois dos personagens que criou, o engenhoso detetive belga Hercule Poirot e a irrepreensível e implacável Miss Jane Marple, tornaram-se mundialmente famosos. Os livros da autora venderam mais de dois bilhões de exemplares em inglês, e sua obra foi traduzida para mais de cinquenta línguas. Grande parte da sua produção literária foi adaptada com sucesso para o teatro, o cinema e a tevê. *A ratoeira*, de sua autoria, é a peça que mais tempo ficou em cartaz, desde sua estreia, em Londres, em 1952. A autora colecionou diversos prêmios ainda em vida, e sua obra conquistou uma imensa legião de fãs. Ela é a única escritora de mistério a alcançar também fama internacional como dramaturga e foi a primeira pessoa a ser homenageada com o Grandmaster Award, em 1954, concedido pela prestigiosa associação Mystery Writers of America. Em 1971, recebeu o título de Dama da Ordem do Império Britânico.

Agatha Mary Clarissa Miller nasceu em 15 de setembro de 1890 em Torquay, Inglaterra. Seu pai, Frederick, era um americano extrovertido que trabalhava como corretor da Bolsa, e sua mãe, Clara, era uma inglesa tímida. Agatha, a caçula de três irmãos, estudou basicamente em casa, com tutores. Também teve aulas de canto e piano, mas devido ao temperamento introvertido não seguiu carreira artística. O pai de Agatha m ela tinha onze anos, o que a aproximou da
A paixão por conhecer
até o final da vida.

Em 1912, Agatha conheceu Archibald Christie, seu primeiro esposo, um aviador. Eles se casaram na véspera do Natal de 1914 e tiveram uma única filha, Rosalind, em 1919. A carreira literária de Agatha – uma fã dos livros de suspense do escritor inglês Graham Greene – começou depois que sua irmã a desafiou a escrever um romance. Passaram-se alguns anos até que o primeiro livro da escritora fosse publicado. *O misterioso caso de Styles* (1920), escrito próximo ao fim da Primeira Guerra Mundial, teve uma boa acolhida da crítica. Nesse romance aconteceu a primeira aparição de Hercule Poirot, o detetive que estava destinado a se tornar o personagem mais popular da ficção policial desde Sherlock Holmes. Protagonista de 33 romances e mais de cinquenta contos da autora, o detetive belga foi o único personagem a ter o obituário publicado pelo *The New York Times*.

Em 1926, dois acontecimentos marcaram a vida de Agatha Christie: a sua mãe morreu, e Archie a deixou por outra mulher. É dessa época também um dos fatos mais nebulosos da biografia da autora: logo depois da separação, ela ficou desaparecida durante onze dias. Entre as hipóteses figuram um surto de amnésia, um choque nervoso e até uma grande jogada publicitária. Também em 1926, a autora escreveu sua obra-prima, *O assassinato de Roger Ackroyd*. Este foi seu primeiro livro a ser adaptado para o teatro – sob o nome *Álibi* – e a fazer um estrondoso sucesso nos teatros ingleses. Em 1927, Miss Marple estreou como personagem no conto "The Tuesday Night Club".

Em uma de suas viagens ao Oriente Médio, Agatha conheceu o arqueólogo Max Mallowan, com quem se casou em 1930. A escritora passou a acompanhar o marido em expedições arqueológicas e nessas viagens colheu material para seus livros, muitas vezes ambientados em cenários exóticos. Após uma carreira de sucesso, Agatha Christie morreu em 12 de janeiro de 1976.

Agatha Christie
sob o pseudônimo de
Mary Westmacott

O FARDO

Tradução de Bruno Alexander

www.lpm.com.br

L&PM POCKET

Coleção **L&PM** POCKET, vol. 1134

Texto de acordo com a nova ortografia.
Título original: *The Burden*

Primeira edição na Coleção **L&PM** POCKET: dezembro de 2013
Esta reimpressão: fevereiro de 2023

Tradução: Bruno Alexander
Capa: designedbydavid.co.uk © HarperCollins/Agatha Christie Ltd. 2008
Preparação: Marianne Scholze
Revisão: Patrícia Yurgel

CIP-Brasil. Catalogação na fonte
Sindicato Nacional dos Editores de Livros, RJ.

C479f

Christie, Agatha, 1890-1976
   O fardo / Mary Westmacott (Agatha Christie); tradução Bruno Alexander. – Porto Alegre, RS: L&PM, 2023.
   240 p. : il. ; 18 cm.   (L&PM POCKET, v. 1134)

   Tradução de: *The Burden*
   ISBN 978-85-254-3014-4

   1. Romance inglês. I. Alexander, Bruno. II. Título.

13-06567   CDD: 823
                                    CDU: 821.111-3

The Burden Copyright © 1956 The Rosalind Hicks Charitable Trust. All rights reserved
AGATHA CHRISTIE is a registered trade mark of Agatha Christie Limited in the UK and/or elsewhere. All rights reserved.
www.agathachristie.com

Todos os direitos desta edição reservados a L&PM Editores
Rua Comendador Coruja, 314, loja 9 – Floresta – 90220-180
Porto Alegre – RS – Brasil / Fone: 51.3225.5777 – Fax: 51.3221.5380

Pedidos & Depto. Comercial: vendas@lpm.com.br
Fale conosco: info@lpm.com.br
www.lpm.com.br

Impresso no Brasil
Verão de 2023

Sumário

Prólogo 9

Parte Um
Laura – 1929
    Capítulo 1 15
    Capítulo 2 22
    Capítulo 3 33
    Capítulo 4 41
    Capítulo 5 51

Parte Dois
Shirley – 1946
    Capítulo 1 61
    Capítulo 2 72
    Capítulo 3 82
    Capítulo 4 94
    Capítulo 5 99
    Capítulo 6 107
    Capítulo 7 113
    Capítulo 8 120
    Capítulo 9 128

PARTE TRÊS
LLEWELLYN – 1956
    Capítulo 1 141
    Capítulo 2 151
    Capítulo 3 164
    Capítulo 4 172
    Capítulo 5 180
    Capítulo 6 194
    Capítulo 7 206

PARTE QUATRO
COMO ERA NO INÍCIO – 1956
    Capítulo 1 213
    Capítulo 2 222

"Pois meu jugo é suave e meu fardo é leve."

Mateus 11:30

"Senhor, com Teu prazer mais penetrante
Transpassa meu espírito consciente;
Ou, Senhor, se sou por demais obstinado
Escolhe, antes que este espírito morra
Uma dor pungente, um mortífero pecado
E deixa que se apossem de meu coração já morto."

R.L. Stevenson

Prólogo

A igreja estava fria. Era outubro, muito cedo para a calefação estar ligada. Do lado de fora, o sol prometia calor e alegria, mas dentro das geladas paredes de pedra sentia-se apenas umidade e a chegada iminente do inverno.

Laura estava entre a babá, resplandecente em seu uniforme de rendas e babados, e o sr. Henson, o padre. O vigário-geral caíra de cama, derrubado por uma forte gripe. O sr. Henson era jovem e magro, com um pomo de adão pronunciado e voz alta e anasalada.

Frágil e bela, a sra. Franklin apoiava-se no braço do marido, sentado sério e aprumado a seu lado. O nascimento de sua segunda filha não servia de consolo para a perda de Charles. Ele desejara um filho. E agora, a julgar pelo que o médico dissera, isso não era mais possível.

Seus olhos voltaram-se para Laura e em seguida para o bebê, acomodado nos braços da babá.

Duas filhas... É claro que Laura era uma boa menina, uma criança adorável, e que a recém-nascida era motivo de orgulho, mas um homem quer um filho varão.

Charles – Charles e seu cabelo loiro, o jeito de jogar a cabeça para trás quando ria, um menino tão lindo, radiante, inteligente – um garoto excepcional. Pena que não fora Laura, se um dos filhos tinha que morrer.

Os olhos do sr. Franklin de repente depararam-se com os da filha mais velha, grandes e trágicos no rosto pálido, e ele enrubesceu de culpa – como podia pensar uma coisa daquelas?

Se a filha apenas pudesse adivinhar o que se passava em sua cabeça. Sim, ele adorava Laura, mas ela não era Charles – e jamais poderia ser.

Apoiada no marido, com os olhos semicerrados, Angela Franklin sussurrava:

– Meu filhinho... meu filhinho lindo... meu querido... Ainda não consigo acreditar. Por que não foi Laura?

Não sentia culpa de pensar assim. Era mais implacável e mais sincera do que o marido, mais primitiva, em certo sentido. Admitia que uma segunda filha jamais significaria o mesmo que um primogênito. Em comparação com Charles, Laura era o perfeito anticlímax: uma criança quieta, bem-comportada, que não dava problema, mas sem... como dizer? Sem personalidade. Uma decepção.

"Charles... nada jamais compensará sua perda", pensou de novo. Sentiu o marido apertar seu braço e abriu os olhos – precisava prestar atenção à cerimônia. Que voz irritante o sr. Henson tinha!

Angela olhou com certa indulgência para o bebê nos braços da babá – palavras tão solenes para uma criaturinha tão pequena.

O bebê, que cochilava, abriu os olhinhos azuis deslumbrantes – os olhos de Charles – e riu satisfeito.

"O sorriso de Charles", pensou Angela. Uma onda de amor maternal invadiu-a. Sua filha, sua linda filhinha. Pela primeira vez, conseguiu deixar a morte de Charles no passado.

Reparou no olhar triste de Laura e perguntou-se, com uma curiosidade repentina: "O que será que essa menina está pensando?".

A babá também havia percebido o silêncio de Laura.

"Tão quietinha. Quieta demais para o meu gosto. Não é normal uma criança ser tão quieta e bem-comportada assim. Nunca ligaram muito para ela, não tanto quanto poderiam. Será que é isso?"

O reverendo Eustace Henson aproximava-se do momento que sempre o deixava nervoso. Não realizara muitos batizados. Se ao menos o vigário tivesse vindo. Notou, com prazer, a expressão séria e compenetrada de Laura. Uma boa menina. O que será que se passava por sua cabeça?

Ainda bem que nem ele, nem a babá, nem Angela, nem Arthur Franklin sabiam.

Não era justo.

Não, não era justo.

A mãe amava sua irmãzinha tanto quanto Charles.

Definitivamente, não era *justo*.

Ela odiava o bebê – odiava, odiava, odiava, com todas as forças!

"Queria que ela morresse."

Estava de pé em frente à pia batismal. As palavras solenes da cerimônia reverberavam em seu ouvido. Muito mais claro, porém, muito mais real, foi seu pensamento expresso em palavras:

"Queria que ela morresse."

Sentiu um toque leve no braço. Era a babá, entregando-lhe a irmã.

– Cuidado. Segure-a bem e entregue-a ao padre – disse ela, baixinho.

– Eu sei – respondeu Laura, sussurrando também.

O bebê estava no seu colo. Laura olhou-a e pensou: "E se eu abrisse os braços e a deixasse cair... no chão de pedra. Será que ela morreria?".

Nas pedras, duras e frias... Mas os bebês vivem tão agasalhados, tão *acolchoados*. Deveria tentar? Teria coragem?

Hesitou um momento e perdeu a oportunidade. O bebê estava agora nos braços trêmulos do reverendo Eustace Henson, que não tinha a prática do vigário. Perguntou os nomes e repetiu-os após Laura. Shirley, Margaret, Evelyn... A água pingou na testa da criança que, em vez de chorar, riu pelo prazer inédito. Cautelosamente, sem muita convicção, o vigário beijou a testa do bebê. O vigário sempre fazia isso, lembrou. Com alívio, devolveu a criança à babá.

O batizado estava encerrado.

Parte Um

Laura – 1929

Capítulo 1

I

Por trás da aparente tranquilidade da criança em pé ao lado da pia batismal crescia o ressentimento.

Desde a morte de Charles ela nutria esperanças... Apesar de ter sofrido com a morte dele, porque o adorava, a dor cedera lugar a uma tênue expectativa. Evidentemente, quando Charles estava vivo, ele, que era tão lindo e alegre, recebia todo o amor. Isso Laura entendia. Parecia-lhe justo, pois ela sempre fora quieta, sem graça, a típica segunda filha não desejada que vem logo depois do nascimento do primeiro filho. Os pais eram gentis com ela, carinhosos, mas só amavam mesmo Charles.

Certa vez, ouviu sem querer a mãe dizer para uma amiga:

— Laura é muito boazinha, claro, mas é uma criança sem graça.

E ela aceitara a justiça desse veredicto com a honestidade dos desesperançados. Era sem graça mesmo, pequena, pálida, com aquele cabelo liso. Ninguém ria com o que dizia como riam com Charles. Era uma menina boa, obediente, não dava trabalho, mas não era, pensou, e jamais seria *importante*.

— A mamãe ama o Charles mais do que a mim — disse uma vez à babá.

— Não diga uma coisa dessas. Isso não é verdade — retrucou ela imediatamente. — Sua mãe ama vocês dois da mesma maneira. Ela é justa. As mães sempre amam os filhos por igual.

– No caso dos gatos, não – retorquiu Laura, lembrando-se dos gatinhos recém-nascidos.

– Os gatos são animais – disse a babá. – E, de qualquer maneira – acrescentou, atenuando a simplicidade do que dissera antes –, Deus ama você. Lembre-se disso.

Laura aceitou o fato. Deus nos amava – Ele não tinha outra opção. Mas até Deus, concluiu Laura, devia amar mais Charles, porque o fizera muito mais satisfatório do que ela.

"Mas não tem problema", pensou Laura, para se consolar, "eu posso me amar mais. Eu mesma posso gostar mais de mim do que de Charles, mamãe, papai ou de qualquer outra pessoa."

Foi depois disso que Laura se tornou mais pálida, mais quieta e mais reservada do que nunca, e ela era tão boa e obediente que a babá até se sentia mal, temendo, conforme confidenciou à empregada, que Laura fosse "levada embora" cedo demais.

Mas foi Charles quem morreu, não Laura.

II

– Por que você não arruma um cachorro para essa menina? – perguntou de repente o sr. Baldock, amigo íntimo do pai de Laura.

Arthur Franklin pareceu surpreso com a pergunta, já que estavam no meio de uma acalorada discussão sobre as consequências da Reforma.

– Que menina? – perguntou, sem entender.

O sr. Baldock apontou com a cabeça para Laura, que andava de bicicleta entre as árvores, sem chamar a atenção. Não havia o mínimo risco de acidente. Laura era uma criança cuidadosa.

– Ora, para quê? – perguntou o sr. Franklin. – Os cachorros dão muito trabalho, com as patas sempre sujas de lama estragando os tapetes.

– Um cachorro – disse o sr. Baldock, com um tom professoral capaz de irritar qualquer um – tem um poder extraordinário de levantar o ego humano. Para um cachorro, o dono é um deus a ser idolatrado e, em nosso atual estado de decadência, também amado. Ter um cachorro faz com que as pessoas se sintam importantes e poderosas.

– Hmm – fez o sr. Franklin –, e você acha isso bom?

– Talvez *não* – respondeu o sr. Baldock. – Mas tenho uma fraqueza inveterada: gosto de ver as pessoas felizes. Gostaria de ver Laura feliz.

– Laura é feliz – retrucou seu pai. – E, de qualquer maneira, ela já tem um gatinho – acrescentou.

– Não é a mesma coisa – falou o sr. Baldock. – Você há de concordar se pensar um pouco, mas esse é seu mal: você nunca pensa. Veja o argumento que acabou de dar sobre as condições econômicas da época da Reforma. Acha mesmo que...

E voltaram a discutir vigorosamente, com o prazer de sempre. O sr. Baldock fazia as declarações mais disparatadas e afrontosas.

Uma inquietação, porém, se apossou da mente de Arthur Franklin. Naquela noite, ao entrar no quarto da mulher, que se vestia para o jantar, ele perguntou de modo abrupto:

– Laura está bem, não está? Está bem e feliz, não?

A mulher, surpresa, voltou os olhos de um azul violáceo, como os olhos do filho Charles, para o marido.

– Querido! – exclamou. – É claro que sim! Laura está sempre bem. Não tem ataques de histeria como a maioria das crianças e é muito boazinha. Nem me preocupo com ela. Uma bênção.

Um pouco depois, fechando o colar de pérolas em volta do pescoço, perguntou repentinamente:

– Por quê? Por que está me perguntando sobre Laura esta noite?

– Por causa de Baldy – respondeu Arthur Franklin, sem entrar em detalhes. – Uma coisa que ele disse.

– Sei, *Baldy*! – exclamou a sra. Franklin, em tom jocoso. – Sabe como ele é. Gosta de inventar coisas.

Alguns dias mais tarde, após um almoço em que sr. Baldock estava presente, ao se retirarem da sala de jantar, Angela Franklin encontrou a babá no corredor e resolveu lhe perguntar em alto e bom som:

– Não há nada de errado com Laura, não é? Ela está bem e é feliz, não?

– Claro que sim, senhora – respondeu a babá, ligeiramente afrontada. – Ela é um anjo. Não dá o menor trabalho. Não como Charles.

– Por quê? Charles lhe dá trabalho? – perguntou o sr. Baldock.

– Como todos os meninos, senhor – explicou, com um tom de deferência –, sempre fazendo travessuras! Mas ele está progredindo. Daqui a pouco vai para a escola. É agitado como todos os garotos dessa idade. Come doces demais, escondido, e acaba tendo problemas de digestão.

Sorriu com indulgência, balançou a cabeça e retirou-se.

– Mesmo assim, ela o adora – comentou Angela Franklin quando entravam na sala de estar.

– É evidente – disse o sr. Baldock, acrescentando de modo pensativo: – Sempre achei as mulheres umas tolas.

– Nossa babá não é tola. Muito pelo contrário.

– Eu não estava falando dela.

– Estava falando de mim? – Angela olhou-o de maneira ríspida, mas sem exagerar, porque, afinal, encontrava-se diante de Baldy, um sujeito excêntrico e conhecido por ser um pouco bruto no trato.

– Estou pensando em escrever um livro sobre a questão do segundo filho – disse o sr. Baldock.

– É mesmo, Baldy? Não vai me dizer que você defende a ideia de filho único? Achei que isso fosse absurdo em qualquer circunstância.

– Não. Consigo até ver muitas vantagens numa família com dez filhos, desde que saibam educá-los da maneira certa. Os filhos devem ajudar nas obrigações da casa, os mais velhos devem cuidar dos mais novos etc. Como peças na engrenagem familiar. Veja bem: eles precisam ser úteis de verdade, não apenas iludidos de que o são. Hoje em dia, dividimos as crianças por "grupo de idade". Que tolice! E ainda chamam isso de educação!

– Você e suas teorias – falou Angela, indulgente. – Mas e a história do segundo filho?

– O problema do segundo filho – começou a explicar o sr. Baldock, em tom didático – é que é sempre um anticlímax. O primeiro filho é uma aventura, um momento assustador e doloroso. A mãe tem certeza de que vai morrer, e o marido (o Arthur aqui, por exemplo) também tem certeza de que vai perder a esposa. No final, nasce aquele pedacinho de gente, que só berra e chora, sem imaginar todo o trabalho que deu aos pais para gerá--lo. Por isso os pais o valorizam tanto! É uma novidade, o fruto de uma união, aquela maravilha. E aí, normalmente cedo demais, vem o segundo filho... todo aquele trabalho de novo... mas, dessa vez, causando menos apreensão, menos aborrecimento. Pronto, mais um filho nosso. Só que agora não é mais novidade, e como não deu tanto trabalho, não é algo tão maravilhoso.

Angela encolheu os ombros.

– Os solteirões sabem tudo – murmurou com ironia. – E essa teoria se aplica ao terceiro e ao quarto e a todos os demais filhos também?

– Não. Reparei que geralmente existe um intervalo antes do terceiro filho. O terceiro filho costuma ser resultado da independização dos dois irmãos mais velhos. Vem aquele desejo: "Seria bom termos um bebê de novo". Desejo estranho, uns serezinhos nojentos, mas imagino que seja um instinto biológico. E aí eles vingam, alguns bonitos, alguns travessos, alguns inteligentes e alguns mais bobos. Então eles se unem, mas num determinado momento vem a constatação de que o primogênito recebe mais atenção.

– E é tudo muito injusto, é isso o que está dizendo?

– Exatamente. Esta é a questão: a vida é injusta!

– E o que podemos fazer a respeito?

– Nada.

– Então, Baldy, não entendo do que você está falando.

– É como eu disse a Arthur outro dia: tenho o coração mole. Gosto de ver as pessoas felizes. Gosto de compensar pelo que lhes falta, pelo que não podem ter. Isso ajuda a equilibrar um pouco as coisas. Além do mais, se você não o fizer... – fez uma breve pausa e continuou: – pode ser perigoso...

III

– Baldy fala muita bobagem – disse Angela pensativa ao marido depois que o convidado foi embora.

– John Baldock é um dos maiores acadêmicos do país – comentou Arthur Franklin, piscando o olho.

– *Disso* eu sei – falou Angela, desdenhosamente. – Seria capaz até de ouvi-lo discorrer sobre os gregos, os romanos ou os obscuros poetas elisabetanos. Com prazer. Mas o que ele sabe sobre crianças?

– Absolutamente nada, imagino – concordou o marido. – A propósito, outro dia ele sugeriu que déssemos um cachorro para Laura.

– Um cachorro? Mas ela já tem um gato.

– Segundo ele, não é a mesma coisa.

– Que estranho... Lembro de tê-lo ouvido falar que não gostava de cachorros.

– Acho que sim.

Angela ponderou:

– Quem deveria ter um cachorro talvez fosse Charles. Ele ficou bem assustado quando aqueles filhotinhos lá da paróquia correram atrás dele. Detesto ver um menino com medo de cachorros. Se ele tivesse um, já estaria acostumado. Ele precisa aprender a andar a cavalo também. Seria bom se pudesse ter um pônei. Se tivéssemos espaço...

– Um pônei está fora de cogitação – interrompeu Franklin.

Na cozinha, Ethel, a empregada, comentou com a cozinheira:

– O velho Baldock percebeu também.

– Percebeu o quê?

– A srta. Laura. Que ela não vai durar muito neste mundo. Até perguntaram à babá sobre isso. Ela tem aquele olhar sem maldade, não como Charles. Pode escrever: *ela* não vai viver até a idade adulta.

Mas foi Charles quem morreu.

Capítulo 2

I

Charles morreu de paralisia infantil, que contraiu na escola. Os dois outros meninos atacados pela doença conseguiram se recuperar.

Para Angela Franklin, que enfrentava um momento delicado de saúde, o choque foi tão grande que ela quase foi embora também. Charles, seu filhinho amado, um menino tão alegre e cheio de energia.

Angela passava os dias deitada no quarto, olhando para o teto, incapaz de chorar. O marido, Laura e os criados andavam com cuidado para não incomodá-la. Por fim, o médico recomendou que Arthur Franklin a levasse para o exterior.

– Mudança total de ar e de paisagem. Ela *precisa* sair dessa. Algum lugar com ar puro, ar das montanhas. Quem sabe a Suíça?

Os dois foram, deixando Laura aos cuidados da babá e da srta. Weekes, uma governanta amável, mas um pouco apática, que vinha visitá-la diariamente.

Para Laura, a ausência dos pais foi um período de prazer. Tecnicamente, ela passou a ser a dona da casa! Toda manhã, ia falar com a cozinheira, a gorda e simpática sra. Brunton, para encomendar as refeições do dia. A sra. Brunton conseguia contornar habilmente as extravagâncias de Laura, e o cardápio acabava sendo o planejado, sem comprometer a importância da pequena. Laura não sentia muita saudade dos pais porque desenvolvera uma fantasia sobre a volta deles.

A morte de Charles fora um fato terrível. Evidentemente, eles gostavam mais dele – ela não entrava nesse mérito da questão –, mas *agora* ela iria imperar no reino de Charles. Laura era agora a filha única, a esperança da família, o objeto de todo o afeto dos pais. Criava cenas em sua mente do dia em que eles voltariam, a mãe de braços abertos...

"Laura, minha querida. Você é tudo o que eu tenho no mundo agora!"

Cenas de amor e carinho, totalmente improváveis no caso de Angela e Arthur Franklin, que dificilmente fariam ou diriam essas coisas. Mas, para Laura, tais cenas se tornavam cada vez mais reais. Aos poucos, ela passou a acreditar tanto em sua fantasia que era quase como se já tivesse acontecido.

Caminhando pelas alamedas em direção ao povoado, ela ensaiava as conversas, franzindo a testa e sacudindo a cabeça, murmurando frases.

Tão absorta estava nesse mundo de imaginação que não reparou no sr. Baldock vindo em sua direção, com as compras que acabara de fazer na cidade.

– Olá, minha jovem Laura.

Voltando subitamente de um drama comovente em que a mãe tinha ficado cega e ela, Laura, recusara a proposta de casamento de um visconde ("Jamais me casarei. Minha mãe significa tudo para mim"), Laura levou um susto e corou.

– Seus pais ainda estão fora?

– Sim. Ainda vão ficar mais dez dias.

– Entendi. Você gostaria de tomar um chá comigo amanhã?

– Oh, claro.

Laura sentiu-se animada com o convite. O sr. Baldock, professor catedrático da universidade que ficava a vinte quilômetros de distância dali, possuía um pequeno bangalô na aldeia, onde passava as férias e alguns fins de semana. Havia se recusado ao convívio social e chegara a afrontar Bellbury ao declinar, geralmente de maneira pouco educada, todos os convites que recebera. Seu único amigo era Arthur Franklin, que conhecia de longa data. John Baldock não era um homem fácil de lidar. Tratava os alunos com tanta crueldade e ironia que os melhores se destacavam e o resto ficava relegado à margem. Havia escrito vários livros sobre fases obscuras da história, numa linguagem tão complicada que pouca gente conseguia entender. Ignorava os apelos dos editores, que lhe pediam para escrever numa linguagem mais fácil, dizendo que seus livros eram apenas para os leitores capazes de apreciá-los! Baldock era especialmente rude com as mulheres, o que as cativava de tal maneira que sempre voltavam em busca de mais. Um homem cheio de preconceitos e arrogância, mas, por incrível que pareça, com um enorme coração, sempre traindo seus princípios.

Laura sabia que era uma honra ser convidada para tomar chá com o sr. Baldock e arrumou-se de acordo com a ocasião. Vestiu-se com aprumo, mas não sem alguma apreensão, pois o sr. Baldock dava motivo para isso.

A governanta conduziu-a à biblioteca, onde se encontrava o dono da casa.

– Olá – disse o sr. Baldock, levantando a cabeça e olhando para Laura. – O que você está fazendo aqui?

– O senhor me convidou para tomar chá – respondeu Laura.

O sr. Baldock fitou-a, pensativo. Laura o encarava de volta, com firmeza e gravidade, ocultando a insegurança que sentia.

– Convidei? – perguntou o sr. Baldock, coçando o nariz. – Hmm... Bem, vejo que convidei, mesmo não sabendo por quê. Já que está aqui, pode sentar.

– Onde? – perguntou Laura.

Uma pergunta bastante pertinente. A biblioteca estava entulhada de livros até o teto. Como não havia mais lugar nas estantes, os livros estavam empilhados no chão, nas mesas e também ocupavam as cadeiras.

– Vamos ter que dar um jeito – disse o sr. Baldock, visivelmente irritado.

Escolheu uma poltrona um pouco menos cheia e, resmungando, colocou duas pilhas de livros empoeirados no chão.

– Pronto – disse, batendo as mãos para limpar a poeira que o fazia espirrar.

– Alguém já limpou esta sala alguma vez? – indagou Laura, sentando-se mecanicamente.

– Elas não são loucas de vir aqui! – respondeu o sr. Baldock. – Mas não é fácil convencê-las. Não há nada de que uma mulher goste mais do que uma limpeza. Elas vêm com aqueles produtos cheirando a aguarrás e desarrumam tudo, empilhando os livros por tamanho, independentemente do assunto. Parecem uma máquina resfolegante, limpando tudo o que veem pela frente. Quando terminam o serviço, felizes da vida, deixam o lugar num estado que você leva um mês para encontrar qualquer coisa. Mulheres! O que será que Deus estava pensando quando criou a mulher? Atrevo-me a dizer que talvez achasse Adão convencido demais, julgando-se o senhor do Universo, dando nome aos animais e aquela coisa toda, que seria bom para ele que o contradissessem. Deus devia estar certo, mas não precisava ir tão longe. Veja onde foi parar o coitado: no Pecado Original!

– Sinto muito – desculpou-se Laura.

– Como assim, "sinto muito"?

– Que o senhor sinta isso em relação às mulheres, porque também sou uma mulher.

– Ainda não, graças a Deus – exclamou o sr. Baldock. – Vai demorar um tempo ainda. Um dia vai acontecer, claro, mas de nada adianta precipitar coisas desagradáveis. A propósito, eu *não* havia esquecido que você vinha tomar chá comigo hoje. De maneira alguma! Só fingi que esqueci, por alguns motivos.

– Que motivos?

– Bem... – o sr. Baldock coçou o nariz de novo. – Primeiro, queria ver o que você diria. Você se saiu muito bem. Muito bem mesmo – sacudiu a cabeça num gesto de aprovação.

Laura ficou olhando para ele, sem entender.

– Segundo, se vamos ser amigos, e me parece que as coisas estão se encaminhando nessa direção, você vai ter que me aceitar do jeito que eu sou, um velho grosso e rabugento. Entende? Não espere palavras bonitas de mim. "Querida, que alegria te ver. Estava ansioso pela sua chegada."

O sr. Baldock pronunciou essas últimas frases em falsete, expressando desprezo. O rosto sério de Laura transformou-se.

– Seria engraçado – disse ela, rindo.

– Seria mesmo. Muito engraçado.

Laura voltou a ficar séria.

– O senhor acha mesmo que vamos ser amigos? – perguntou.

– É uma questão de acordo mútuo. Você gostaria?

Laura ficou pensativa.

– Acharia um pouco estranho – respondeu. – Um amigo, geralmente, é uma criança da mesma idade que vem brincar com a gente.

– Pode ter certeza de que não vou brincar de "ciranda, cirandinha" com você.

– Isso é só para crianças pequenas – disse Laura, em tom de reprovação.

– Nossa amizade seria no plano intelectual – explicou o sr. Baldock.

– Não sei exatamente o que isso significa, mas parece bom – disse Laura, satisfeita.

– Significa – continuou o sr. Baldock – que discutiremos assuntos que interessam a nós dois quando nos encontrarmos.

– Que tipo de assunto?

– Bem... comida, por exemplo. Adoro comer e imagino que você também goste. Como estou com sessenta e poucos anos, e você, com... o quê? Uns dez? Tenho certeza de que nossas ideias sobre comida serão diferentes. Isso é interessante. E existem outros assuntos: cores, flores, animais, história da Inglaterra...

– O senhor quer dizer as esposas de Henrique VIII?

– Exatamente. É só falar em Henrique VIII que quase todo mundo se lembra logo das esposas. Chega a ser um insulto para um homem conhecido como o príncipe mais bonito da cristandade e um estadista de primeira ser lembrado apenas por seus esforços matrimoniais para conseguir um legítimo herdeiro. As pobres esposas não tiveram *a menor* importância do ponto de vista histórico.

– Pois eu acho as esposas dele muito importantes.

– Está vendo? Já temos um debate – disse o sr. Baldock.

– Eu gostaria de ter sido Jane Seymour.

– Por quê?

– Ela morreu – respondeu Laura com entusiasmo.

– Assim como Nan Bullen e Katherine Howard.

– Elas foram executadas. Jane ficou casada com ele só um ano, teve um filho e morreu. Todo mundo deve ter ficado muito triste.

– Bem, é um ponto de vista. Venha. Vamos para a outra sala ver o que temos para o chá.

II

– Um chá maravilhoso – exclamou Laura, sorrindo ao ver a mesa cheia de pães doces, bombas de chocolate, sanduíches de pepino, biscoitos e um apetitoso bolo. – O senhor estava me esperando mesmo. A não ser... O senhor toma chá assim todo dia?

– Deus me livre – disse o sr. Baldock.

Sentaram-se. O sr. Baldock comeu seis sanduíches e Laura, quatro bombas e um pouquinho de cada coisa.

– Você tem um bom apetite para uma criança. Gostei de ver – disse o sr. Baldock quando terminaram.

– Estou sempre com fome – comentou Laura. – Raramente fico doente. Charles é que vivia doente.

– Hmm... Charles. Você deve sentir muita saudade dele, não?

– Sinto muita saudade mesmo. Muita.

O sr. Baldock franziu a testa.

– Tudo bem, tudo bem. Ninguém disse que você não sente.

– Eu sei. Sinto muita falta dele, de verdade.

O sr. Baldock assentiu com a cabeça, em resposta à sinceridade de Laura, e ficou observando-a, pensativo.

– Foi muito triste, ele morrer dessa maneira. – A voz de Laura assumiu, sem querer, o tom de outra voz, a voz de um adulto, que pronunciara originalmente a frase.

– Sim, muito triste.

— Muito triste para a mamãe e o papai. Agora eu sou tudo o que eles têm no mundo.

— É isso, então?

Laura olhou para o sr. Baldock sem entender, entrando em seu mundo de fantasia particular. "Laura, minha querida. Você é tudo o que eu tenho... minha única filha... meu tesouro..."

— Um ranço de manteiga – exclamou o sr. Baldock. Era uma de suas expressões de desagrado. – Um ranço! – sacudiu a cabeça, irritado. – Venha. Vamos para o jardim, Laura – disse. – Vamos dar uma olhada no roseiral. Conte-me o que você faz durante o dia.

— Bem, de manhã a srta. Weekes vem me dar aula.

— Aquela velha intrometida!

— O senhor não gosta dela?

— Ela é a imagem perfeita de Girton. Nunca vá para Girton!

— O que é Girton?

— É um colégio para moças, em Cambridge. Estremeço só de pensar!

— Vou para um internato quando fizer doze anos.

— Antros de perdição, os internatos!

— Não acha que vou gostar?

— O pior é que vai, e é aí que mora o perigo! Acertar o tornozelo das outras meninas com um bastão de hóquei, voltar para casa com uma queda pela professora de música, muito provavelmente entrar para Girton ou Somerville. Mas, bem, ainda faltam alguns anos. Vamos aproveitar o máximo até lá. O que você quer ser quando crescer? Imagino que já tenha uma ideia.

— Tenho, sim. Pensei em ser enfermeira de leprosos...

— Ora, não há mal algum nisso. Só não vá trazer um paciente para casa e colocá-lo na cama do seu marido, como santa Isabel da Hungria fez. Um grande equívoco. Uma santa, sem dúvida, mas uma esposa muito desatenciosa.

– Eu nunca vou me casar – sentenciou Laura.

– Não? Eu me casaria, se fosse você. As solteironas são piores do que as mulheres casadas, na minha opinião. Azar de alguns homens, claro, mas diria que você será melhor do que muitas mulheres.

– Não seria justo. Preciso cuidar da mamãe e do papai na velhice. Eles só têm a mim.

– Eles têm uma cozinheira, uma empregada e um jardineiro, além de uma boa renda e muitos amigos. Vão ficar bem. Os pais precisam aprender a lidar com a perda dos filhos quando chega o momento. Às vezes, é um grande alívio. – Parou perto de uma roseira. – Estas são minhas rosas. Que tal?

– São lindas – disse Laura, com educação.

– De um modo geral – confidenciou o sr. Baldock –, gosto mais de rosas do que de seres humanos. Para começar, não duram tanto.

Segurou a mão de Laura com firmeza.

– Adeus, Laura – disse. – Você precisa ir agora. Não devemos forçar demais a amizade. Gostei muito de sua visita.

– Adeus, sr. Baldock. Obrigada por me receber. Também gostei muito – disse Laura, de maneira quase automática, aos modos de uma menina bem-educada.

– Está certo – disse o sr. Baldock, dando um tapinha carinhoso nos ombros dela. – Sempre diga o que precisa dizer. É de boa educação e ajuda. Quando chegar à minha idade, você poderá dizer o que quiser.

Laura sorriu, atravessou o portão que ele abrira para ela e parou de repente.

– Ora, o que foi?

– Está combinado, então? Sobre nossa amizade?

O sr. Baldock coçou o nariz.

– Sim – respondeu, suspirando. – Creio que sim.

– Espero que não seja muito difícil para o senhor – comentou Laura, com ansiedade.

– Acredito que não será... Só preciso me acostumar com a ideia.

– Sim, claro. Também preciso me acostumar. Mas acho que vai ser bom. Adeus.

– Adeus.

O sr. Baldock olhou para a menina que partia e sussurrou para si mesmo:

– Veja onde foi se meter, seu velho idiota!

Voltou para casa e encontrou a sra. Rouse.

– A menininha já foi embora?

– Sim.

– Não ficou muito, não?

– O suficiente – disse o sr. Baldock. – As crianças e os subalternos nunca sabem o momento de ir embora. A gente precisa avisar.

– Sei – disse a sra. Rouse, olhando-o indignada quando ele passou por ela.

– Boa noite – disse o sr. Baldock. – Estou indo para a biblioteca e não quero ser incomodado de novo.

– E o jantar?

– Faça o que desejar – disse o sr. Baldock com um gesto de mão. – E tire esses doces daqui. Se quiser, pode comer, ou dar para o gato.

– Oh, obrigada, senhor. Minha sobrinha...

– Sua sobrinha, o gato, tanto faz.

Entrou na biblioteca e fechou a porta.

– Ora, esses velhos solteirões rabugentos! Mas o entendo. E não é todo mundo que entenderia.

Laura foi para casa sentindo-se importante.

Apareceu na janela da cozinha, onde Ethel, a empregada, lutava com um ponto mais complexo de crochê.

– Ethel, eu tenho um amigo – anunciou Laura.

– Que bom, querida – murmurou Ethel, desatenta. – Cinco correntes, duas laçadas no próximo ponto, oito correntes...

– Eu tenho um amigo! – repetiu Laura, mais alto.

Ethel continuava murmurando:

– Cinco correntes, depois três laçadas no próximo ponto... mas assim vai dar errado no final... onde foi que pulei um ponto?

– Eu tenho um amigo – gritou Laura, furiosa com a falta de atenção demonstrada por sua confidente.

Ethel levantou a cabeça, assustada.

– Faça carinho nele, querida.

Laura retirou-se, indignada.

Capítulo 3

I

Angela Franklin temia voltar para casa, mas, quando chegou o momento, não achou tão ruim quanto pensara.

– Veja, Laura está nos esperando nos degraus da escada. Parece muito feliz – disse Angela ao marido enquanto se aproximavam de carro.

Saiu do carro correndo e foi abraçar a filha, com muito carinho.

– Laura, minha querida, que bom ver você de novo – disse, emocionada. – Sentiu muita saudade?

– Não muita – respondeu Laura, diligentemente. – Estava muito ocupada. Mas fiz um tapete de folha de palmeira para você.

A imagem de Charles de repente invadiu a mente de Angela – ele correndo pelo gramado em sua direção, para abraçá-la, gritando "Mamãe, mamãe, mamãe!".

Como doía lembrar.

Angela afastou as lembranças e sorriu para Laura:

– Um tapete de folha de palmeira? Que lindo, querida!

Arthur Franklin acariciou o cabelo da filha, meio sem jeito.

– Você deve ter crescido.

Entraram todos em casa.

O que Laura esperava ela não sabia. Seus pais estavam de volta, felizes de vê-la, dando-lhe afeto, fazendo perguntas. Não eram *eles* que estavam errados.

O problema estava nela. Ela não era... não era... O que ela não era?

Não tinha falado, agido ou sentido o que esperava.

Nada aconteceu conforme planejado. Ela não havia realmente ocupado o lugar de Charles. Faltava-lhe algo. Mas as coisas mudariam no dia seguinte, dizia a si mesma, ou, se não no dia seguinte, em algum outro momento. O centro da casa, pensou Laura, lembrando-se repentinamente de uma expressão que lera em um antigo livro infantil encontrado no sótão.

Ela era agora, sem dúvida, o centro da casa.

Pena que não sentisse isso. Era apenas a mesma Laura de sempre.

A mesma Laura...

II

– Baldy parece gostar muito de Laura – disse Angela. – Imagine, ele a convidou para um chá enquanto estávamos fora!

Arthur comentou que adoraria saber sobre o que conversaram.

– Acho melhor *contarmos* para Laura – disse Angela após uma pequena pausa. – Caso contrário, ela vai acabar sabendo, pelos criados ou alguma outra pessoa. Afinal, ela já está bem grandinha para entender as coisas.

Angela estava em uma cadeira de palha, embaixo de uma árvore. Virou a cabeça para o marido sentado a seu lado.

As marcas de sofrimento sulcavam-lhe o rosto ainda. A vida que levava não havia sido capaz de apagar o sentimento de perda.

– Vai ser um menino – disse Arthur Franklin. – Sei que vai ser um menino.

Angela sorriu e balançou a cabeça.
– São só conjecturas – disse.
– Estou dizendo, Angela. Eu sei.
Estava convicto. Totalmente convicto.
Um menino como Charles, outro Charles, de olhos azuis, carinhoso, travesso, sorridente.
Angela pensou: "Talvez seja outro menino, mas não será Charles".
– Mas, se for menina, também vamos ficar felizes – disse Arthur, de maneira pouco convincente.
– Arthur, sei que quer um filho homem.
– É verdade – suspirou ele. – Gostaria de ter um filho homem.
Um homem quer um filho varão – precisa de um filho varão. Uma menina não é a mesma coisa.
– Laura é realmente uma criança formidável – disse ele, movido por um obscuro sentimento de culpa.
Angela concordou sinceramente.
– É. Uma menina tão boazinha, quietinha e prestativa. Vamos sentir falta dela quando for para a escola.
E acrescentou:
– Por isso, de certa maneira, espero que não seja uma menina. Laura poderia ficar com ciúmes da irmãzinha, mesmo sem motivo.
– Não há motivo mesmo.
– Mas as crianças, às vezes... é normal. Por isso acho que devemos contar a ela, prepará-la.
E foi então que Angela Franklin disse para a filha:
– O que você acharia de ter um irmãozinho? Ou uma irmãzinha? – acrescentou, um tempo depois.
Laura fitou-a, perplexa. Não entendeu a pergunta.
– É que vamos ter um filho, querida. Vai nascer em setembro. Será bom, não?

Murmurando algo sem sentido, Laura recuou, o rosto ruborizado por uma emoção incompreensível. Angela ficou preocupada.

– Será que fizemos errado? – perguntou ao marido. – Na verdade, nunca contei nada para ela... sobre... sobre *essas coisas*. Talvez ela nem saiba...

Arthur Franklin rebateu dizendo que, devido ao enorme número de gatos que nasciam na casa, era muito pouco provável que Laura estivesse totalmente alheia aos fatos da vida.

– Tem razão, mas ela pode achar que com as pessoas é diferente. Talvez tenha sido um choque para ela.

E foi um choque mesmo para Laura, mas não no sentido biológico. Apenas jamais lhe ocorrera que sua mãe pudesse ter outro filho. Via a questão toda com muita clareza e objetividade. Charles estava morto, e ela era a única filha de seus pais. Era, como repetia para si mesma, "tudo o que eles tinham no mundo".

E agora haveria outro Charles.

Ela nunca duvidou, não mais do que Arthur e Angela duvidavam secretamente, de que seria um menino.

Laura ficou desolada.

Por um bom tempo, ficou sentada abraçando as próprias pernas, debatendo-se internamente com a notícia.

Até que decidiu ir à casa do sr. Baldock.

Rangendo os dentes e bufando, o sr. Baldock estava escrevendo uma crítica cáustica sobre a obra de um colega historiador para uma revista científica.

Olhou furioso para a porta quando a sra. Rouse bateu, entrou e anunciou:

– A srta. Laura está aqui.

– Ah, é você! – exclamou o sr. Baldock, surpreendido no meio de sua invectiva.

Estava desconcertado. Mas que hora inoportuna para aparecer! Não havia sido esse o acordo. Malditas crianças! Você dá a mão e elas querem logo o braço. Não gostava de crianças. Jamais gostara.

Seu olhar perturbado encontrou com o de Laura, que não parecia pedir desculpa. Era um olhar grave, de preocupação, mas muito confiante do direito de estar ali. Laura não se deu ao trabalho de explicar por que viera.

– Queria lhe dizer que vou ter um irmão – desabafou.

– Oh! – exclamou o sr. Baldock, perplexo. – Bem... – balbuciou, para ganhar tempo. Laura estava pálida, sem qualquer expressão no rosto. – Uma notícia e tanto. – Fez uma pausa. – Está feliz?

– Não – confessou Laura. – Não estou.

– Acho os bebês uns serezinhos bestiais – concordou o sr. Baldock, solidário. – Sem dentes, sem cabelo, sempre chorando. As mães gostam deles, claro. E têm que gostar mesmo, senão as criaturinhas morreriam. Mas depois do terceiro ou quarto filho, você se acostuma – acrescentou, para dar ânimo. – É como um gatinho ou cachorrinho novo.

– Charles morreu – disse Laura. – O senhor acha que meu novo irmão também vai morrer?

– Não há motivo – disse, com um olhar penetrante e firmeza na voz. Acrescentou: – Um raio jamais cai duas vezes no mesmo lugar.

– A nossa cozinheira diz isso – comentou Laura. – Significa que a mesma coisa não acontece duas vezes?

– Isso.

– Charles... – começou Laura e parou.

O sr. Baldock olhou-a nos olhos mais uma vez.

– E nem sabemos se será um menino – disse. – Pode ser que seja uma menina.

— A mamãe acha que vai ser um menino.

— Eu não acreditaria nisso, se fosse você. Ela não será a primeira mulher a se enganar.

O rosto de Laura se iluminou de repente.

— Lembro de Josafá – ela disse –, a última cria de Dulcibella. Acabou sendo uma gatinha, que a cozinheira chama de Josephine, agora.

— Viu? – falou o sr. Baldock, para encorajá-la. – Não sou homem de apostas, mas aposto que vai ser uma menina.

— Sério? – perguntou Laura, animada.

Abriu um sorriso de agradecimento e carinho que chocou o sr. Baldock.

— Obrigada – disse ela. – Vou embora agora. – Acrescentou, com educação: – Espero não ter interrompido seu trabalho.

— Tudo bem – disse o sr. Baldock. – Fico sempre feliz de vê-la, se for algo importante. Sei que você não viria aqui só para bater papo.

— Claro que não – garantiu Laura.

Ela se retirou, fechando a porta cuidadosamente.

Ficou entusiasmada com a conversa. O sr. Baldock era um homem muito inteligente.

"É muito mais provável que ele esteja certo do que a mamãe", pensou.

Uma irmãzinha? Sim, isso seria mais fácil do que um irmão. Uma irmã seria apenas uma outra Laura, uma Laura inferior. Uma Laura sem dentes, sem cabelo e sem graça.

III

Ao sair da confortável bruma da anestesia, Angela abriu os olhos azuis e balbuciou a pergunta esperada que seus lábios temiam pronunciar.

– É uma... é uma...

A enfermeira anunciou, com a loquacidade e a presteza das enfermeiras:

– A senhora teve uma linda menina, sra. Franklin.

– Uma menina... – disse e fechou os olhos de novo.

Que decepção! Tivera tanta certeza... e agora, apenas uma segunda Laura.

A antiga dor lancinante da perda foi despertada novamente. Charles. Seu filhinho...

No andar de baixo, a cozinheira falava, de maneira direta.

– Então, srta. Laura. Você tem uma irmãzinha agora. O que acha *disso*?

Laura respondeu sem grandes emoções:

– Eu sabia que ia ser uma menina. O sr. Baldock já havia falado.

– E o que um velho solteirão sabe dessas coisas?

– Ele é um homem inteligente – disse Laura.

Angela demorou para se recuperar. Arthur Franklin chegou a ficar preocupado. O bebê já estava com um mês quando ele resolveu conversar com a mulher.

– Importa muito? Que seja uma menina e não um menino? – perguntou, hesitante.

– Não, claro que não. É que eu tinha tanta certeza...

– Mesmo que tivesse sido um menino, não teria sido Charles, concorda?

– Concordo, claro que concordo.

A enfermeira entrou no quarto com o bebê no colo.

– Vejam quem está aqui – disse. – Vejam que gracinha. Veio ficar com mamãe, não é?

Angela segurou o bebê sem firmeza e olhou com raiva para a enfermeira enquanto ela saía do quarto.

– Essas mulheres dizem cada besteira – resmungou, de mau humor.

Arthur riu.

– Laura, querida, me traga aquela almofada – pediu Angela.

Laura pegou a almofada para a mãe e ficou a seu lado enquanto ela ajeitava o bebê. Laura se sentiu madura e importante. O bebê era apenas uma coisinha boba, sem relevância. Era dela que sua mãe precisava.

A noite estava fria, e a lareira estava acesa. O bebê emitiu sons de que estava feliz.

Angela olhou para os olhos azuis escuros e para a boca que já parecia capaz de sorrir. Viu, com repentina surpresa, os olhos de Charles. Charles quando era bebê. Havia quase se esquecido dele naquela idade.

Um amor arrebatador tomou conta de seu ser. *Sua* filhinha querida. Como pôde ser tão fria diante de uma criaturinha tão adorável? Como pôde ser tão cega? Uma criança feliz e bela, como Charles.

– Meu doce – murmurou. – Meu tesouro, minha querida.

Debruçou-se sobre a criança num abandono de amor. Esqueceu-se de Laura, que estava a seu lado, observando tudo. Nem percebeu quando ela saiu silenciosamente do quarto.

Mas talvez tenha sido por um certo desconforto que disse a Arthur:

– Mary Wells não poderá vir para o batizado. E se Laura fosse madrinha em seu lugar? Acho que ela ficaria feliz.

Capítulo 4

I

– Gostou do batizado? – quis saber o sr. Baldock.

– Não – respondeu Laura.

– Devia estar frio naquela igreja – disse o sr. Baldock. – Mas a pia batismal é uma obra de arte – acrescentou. – De mármore preto da Normandia.

Laura ficou impassível frente à informação. Estava pensando em outra coisa.

– Posso lhe fazer uma pergunta, sr. Baldock?

– Claro.

– É pecado rezar para alguém morrer?

O sr. Baldock olhou-a de soslaio.

– Na minha opinião – disse – seria uma interferência imperdoável.

– Interferência?

– Ora, o Todo-Poderoso é quem comanda tudo, não? Por que você iria se intrometer em Seus planos? O que você tem a ver com isso?

– Não acho que Deus se importaria tanto. Depois que uma criança é batizada e tudo, ela vai para o céu, não vai?

– Acho que sim – admitiu o sr. Baldock.

– E Deus gosta de crianças. É o que diz a Bíblia. Então, Ele ficaria feliz em vê-la.

O sr. Baldock deu uma pequena volta pela sala. Estava muito perturbado e não queria demonstrar.

– Olhe, Laura – disse, por fim. – Você deve cuidar dos seus assuntos.

– Mas talvez este seja um assunto meu.

– Não é, não. Seu *único* assunto é *você mesma*. Reze o quanto quiser para si mesma. Reze para ter uma tiara de diamante ou para ganhar um concurso de beleza quando crescer. O pior que pode acontecer é a resposta para sua reza ser "sim".

Laura olhou para ele sem entender.

– Sei o que estou dizendo – disse o sr. Baldock.

Laura agradeceu educadamente e avisou que precisava voltar para casa.

Quando ela saiu, o sr. Baldock coçou a cabeça e, para distrair-se, foi escrever uma crítica sobre um livro de um inimigo mortal.

Laura voltou para casa pensando.

Ao passar pela pequena igreja católica, hesitou. Lembrou-se de trechos isolados de uma conversa que a babá tivera com uma faxineira católica que viera ajudar na limpeza e que a impressionara bastante. Era como se ouvisse algo estranho e proibido. A babá, muito religiosa, possuía uma visão muito rígida sobre o que ela chamava de Mulher Escarlate. Agora, quem ou o que era essa Mulher Escarlate, Laura não tinha a mínima ideia. Sabia apenas que tinha alguma coisa a ver com a Babilônia.

O que lhe veio à mente nesse momento, contudo, foram as palavras de Molly, que rezava com alguma intenção específica, acendendo uma vela. Laura hesitou por mais tempo, respirou fundo, olhou para os dois lados da rua e entrou na igreja.

A igreja era pequena, bastante escura e tinha um cheiro muito diferente do cheiro da paróquia à qual Laura ia todo domingo. Não havia nenhum sinal da Mulher Escarlate, mas havia uma estátua de uma senhora de manto azul, segurando uma bandeja com castiçais onde queimavam velas. Ao lado, velas novas e uma caixa coletora.

Laura hesitou novamente. Suas noções teológicas eram limitadas e confusas. Deus, ela sabia, estava comprometido a amá-la por ser Deus. Havia também o Diabo, de chifre e rabo, que era especialista em tentações. A Mulher Escarlate, entretanto, ocupava um posto intermediário. A Senhora do Manto Azul parecia ser boazinha e atender a pedidos.

Laura suspirou e tirou algumas moedas do bolso, intocadas.

Depositou-as na caixa e ouviu-as caindo lá dentro. Estavam perdidas! Pegou então uma vela, acendeu-a e colocou-a em um castiçal feito de metal.

– Este é o meu pedido – falou baixinho, de maneira educada. – Que o bebê vá para o céu.

E acrescentou:

– O quanto antes, por favor.

Ficou ali parada por um tempo. As velas queimavam, e a Senhora do Manto Azul mantinha sua aparência bondosa. Laura sentiu um certo vazio. Depois, franzindo a testa, saiu da igreja e foi para casa.

No terraço, encontrava-se o carrinho de bebê. Laura aproximou-se e olhou para a criança, que dormia.

Enquanto olhava, a cabecinha penugenta se mexeu, e dois olhos azuis fitaram Laura.

– Você vai para o céu logo – disse Laura para a irmã. – O céu é um lugar lindo – acrescentou, para animá-la. – Está cheio de ouro e pedras preciosas. – Fez uma pausa e continuou: – Tem harpas. E muitos anjos com asas de pena de verdade. É muito melhor do que aqui.

Pensou em outra coisa.

– Você vai encontrar Charles – disse. – Imagine! Você vai ver Charles.

Angela Franklin apareceu.

– Oi, Laura. Você está falando com sua irmãzinha? – perguntou, debruçando-se sobre o carrinho. – Oi, minha linda. Já acordou?

Arthur Franklin apareceu em seguida.

– Por que as mulheres vivem falando essas bobagens para as crianças? Não é, Laura? Você não acha estranho? – perguntou.

– Não acho que seja bobagem – disse Laura.

– Não? Então é o quê? – sorriu, de modo provocador.

– Amor – respondeu a filha.

Arthur ficou surpreso com a resposta.

Laura era uma criança estranha, pensou. Difícil saber o que se passava por trás daquele olhar inexpressivo.

– Preciso comprar uma rede ou algum tipo de tela de proteção – disse Angela – para colocar no carrinho quando ele estiver aqui fora. Tenho medo de que um gato pule para dentro e acabe asfixiando nossa filha. Temos tantos gatos em casa.

– Besteira – disse o marido. – Outro mito de mães preocupadas. Nunca ouvi falar de um gato que tenha asfixiado um bebê.

– Isso já aconteceu, sim, Arthur. Sai o tempo todo no jornal.

– Ninguém garante que seja verdade.

– De qualquer maneira, vou comprar uma rede e pedir para a nova babá dar uma olhada de vez em quando para ver se está tudo bem. Pena que nossa babá teve que ir visitar a irmã doente. Essa nova moça... não confio nela.

– Por que não? Ela parece ser uma ótima moça. É muito dedicada a crianças e tem ótimas referências.

– Eu sei. *Parece* tudo bem, mas há algo. Existe um intervalo de um ano e meio nas referências.

– Ela foi para casa cuidar da mãe.

— Isso é o que elas sempre dizem! E é o tipo de coisa que não dá para verificar. Pode ter sido por algum motivo que ela não quer que saibamos.

— Algum delito, você quer dizer?

Angela olhou para o marido de modo a avisá-lo da presença de Laura.

— Cuidado, Arthur. Não foi isso que eu quis dizer. É que...

— O que você quis dizer, querida?

— Não sei direito — respondeu Angela, lentamente. — É que, às vezes, quando estou falando com ela, sinto que ela está escondendo alguma coisa.

— Talvez ela esteja sendo procurada pela polícia.

— Arthur! Que brincadeira de mau gosto!

Laura afastou-se sem chamar a atenção. Era uma criança inteligente e percebeu que os pais queriam conversar sobre a nova babá sem o constrangimento de sua presença. E Laura não estava interessada no assunto mesmo. Uma moça pálida, de cabelo preto, com uma voz suave, muito simpática, mas que não dava a menor bola para ela.

Laura estava pensando na Senhora do Manto Azul.

II

— *Vamos*, Josephine — exclamou Laura, um pouco irritada.

Josephine, ex-Josafá, embora não resistisse ativamente, mostrava todos os indícios de resistência passiva. Mesmo assim, foi arrancada de um delicioso sono perto da estufa e carregada por Laura até o terraço.

— Pronto — disse Laura, largando Josephine no chão, perto do carrinho de bebê.

Laura caminhou lentamente pelo gramado. Quando chegou ao grande limoeiro, olhou para trás.

Josephine, movendo o rabo de indignação, começou a banhar a barriga, esticando a pata traseira, que parecia desproporcionalmente comprida. Terminada essa parte da toalete, bocejou e olhou os arredores. Aí, começou a lavar, meio sem vontade, a parte atrás da orelha, mudou de ideia, bocejou de novo e, por fim, levantou-se e afastou-se, a passos lentos, até desaparecer nos fundos da casa.

Laura foi atrás dela, pegou-a com determinação e colocou-a de volta no terraço. Josephine olhou para ela e ficou ali, mexendo o rabo. Assim que Laura chegou ao limoeiro de novo, Josephine levantou-se mais uma vez, bocejou, espreguiçou-se e foi embora. Laura trouxe-a de volta, resmungando.

– Aqui tem sol, Josephine. Está *gostoso*!

Era evidente que Josephine discordava. Ela agora estava furiosa, mexendo o rabo nervosamente e retesando as orelhas.

– Olá, minha jovem Laura.

Laura voltou-se, espantada. O sr. Baldock estava atrás dela. Chegara sem que ela percebesse. Josephine, aproveitando a distração momentânea da dona, correu para uma árvore e subiu por um galho até um lugar seguro, olhando para baixo com um ar de satisfação e malícia.

– Nisso os gatos têm vantagem sobre os seres humanos – comentou o sr. Baldock. – Quando querem se livrar das pessoas, sobem numa árvore. O mais próximo que chegamos disso é quando nos trancamos no banheiro.

Laura parecia ligeiramente chocada. "Banheiro" entrava na categoria de coisas sobre as quais "mocinhas não falam", segundo a antiga babá.

– Mas, no nosso caso, precisamos sair – continuou o sr. Baldock – para deixar outras pessoas entrarem. O seu gato, pelo visto, vai passar algumas horas em cima dessa árvore.

Nesse momento, demonstrando a imprevisibilidade geral dos gatos, Josephine desceu da árvore correndo, veio em direção a eles e ficou se esfregando na calça do sr. Baldock, ronronando alto.

"Era exatamente isso o que eu estava esperando", Josephine parecia dizer.

– Olá, Baldy – Angela surgiu no terraço. – Veio visitar a recém-chegada? Ah, meu Deus, esses *gatos*! Laura, querida, leve Josephine para dentro. Coloque-a na cozinha. Ainda não comprei aquela rede. Arthur ri de mim, mas já ouvi dizer que os gatos pulam nos carrinhos e acabam adormecendo em cima dos bebês, asfixiando-os. Não quero que os gatos se acostumem a andar aqui no terraço.

Quando Laura saiu carregando Josephine, o sr. Baldock acompanhou-a com o olhar.

Depois do almoço, Arthur Franklin levou o amigo para seu escritório.

– Há um artigo aqui... – começou ele.

O sr. Baldock interrompeu-o, sem a menor cerimônia, como de costume.

– Só um minuto. Preciso lhe perguntar uma coisa. Por que você não manda essa menina para a escola?

– Laura? Essa é a ideia. Depois do Natal, creio. Quando ela fizer onze anos.

– Não espere até lá. Mande-a agora.

– Já está no meio do ano letivo. E, de qualquer maneira, a srta. Weekes é bem...

– Laura não precisa da educação de uma mulher metida a intelectual – disse. – Ela precisa se distrair, conhecer outras meninas, ter outras preocupações, por assim dizer. Caso contrário, por razões que bem conhecemos, pode acontecer uma tragédia.

– Tragédia? Como assim, "tragédia"?

– Outro dia, dois meninos tiraram a irmãzinha do carrinho e a jogaram no rio, pois achavam que o bebê estava dando muito trabalho para a mãe. Eles acabaram acreditando nisso de verdade, suponho eu.

Arthur Franklin fitou-o.

– Por ciúmes, você quer dizer?

– Exato.

– Meu caro Baldy, Laura não é uma criança ciumenta. Nunca foi.

– Como você sabe? O ciúme corrói por dentro.

– Ela nunca demonstrou nenhum sinal de ciúme. É uma menina muito meiga, carinhosa, sem grandes temperamentos, eu imagino.

– Você imagina! – repetiu o sr. Baldock. – Se quer saber, acho que nem você nem Angela conhecem a filha que têm.

Arthur Franklin sorriu, receptivo. Estava acostumado com o jeito de Baldy.

– Vamos ficar de olho no bebê – disse –, se é isso que o está preocupando. Vou falar com Angela para ter cuidado, para não fazer muita festa para a irmã menor e dar mais atenção para Laura. Isso deve resolver o problema. – Acrescentou, com certa curiosidade: – A propósito, sempre me perguntei o que é que você vê em Laura. Ela...

– Ela promete ser uma pessoa muito rara e incomum – explicou o sr. Baldock. – Pelo menos, a meu ver.

– Bem, vou falar com Angela. Mas ela vai rir.

Angela, para espanto do marido, não riu.

– Ele não está totalmente errado. Os psicólogos dizem que é normal e praticamente inevitável ter ciúmes de um novo irmãozinho, embora eu jamais tenha percebido isso em Laura. Ela é tão calma... Aliás, não parece nada apegada a mim. Preciso mostrar-lhe que dependo dela.

Então, cerca de uma semana depois, quando Angela e o marido iam passar um fim de semana fora na casa de uns amigos de longa data, Angela foi conversar com Laura.

– Você vai cuidar direitinho de sua irmãzinha, não vai, Laura, enquanto estivermos fora? Fico segura com você aqui tomando conta de tudo. A nova babá ainda não tem experiência.

As palavras da mãe agradaram Laura, que se sentiu mais velha e importante. Seu rosto pálido iluminou-se.

Infelizmente, essa sensação se desfez quase que imediatamente quando Laura, sem querer, ouviu uma conversa entre a nova babá e Ethel no quarto da irmã.

– Que bebezinho lindo, não? – disse Ethel, brincando com a criança no berço. – Uma fofinha. Curioso que Laura seja tão sem graça. Não me admira que seus pais nunca tenham ligado para ela, preferindo Charles e sua irmãzinha agora. A srta. Laura é boazinha, mas não passa disso.

Naquela noite, Laura ajoelhou-se à beira da cama e rezou.

A Senhora do Manto Azul não havia atendido a seu pedido. Laura resolveu falar direto com o chefe.

– *Por favor, Deus* – rezou –, *faça com que esse bebê morra e vá logo para o céu.*

Foi para a cama e deitou-se, com o coração disparado, sentindo-se culpada e má. Havia feito o que o sr. Baldock dissera para não fazer, e o sr. Baldock era um homem muito sábio. Não sentia culpa pela vela que acendera à Senhora do Manto Azul – talvez porque nunca tivesse tido realmente muita esperança no resultado. E não via nenhum mal em ter colocado Josephine no terraço. Ela não colocara Josephine dentro do carrinho. Isso, sim, teria sido maldade. Mas se Josephine, por conta própria, decidisse...

Essa noite, no entanto, ela tomara uma decisão drástica. Deus era Todo-Poderoso.

Tremendo um pouco de frio, Laura adormeceu.

Capítulo 5

I

Angela e Arthur Franklin foram embora, de carro.

No quarto, a nova babá, Gwyneth Jones, colocou o bebê no berço.

Estava preocupada. Vinha tendo uns pressentimentos estranhos.

– Estou imaginando coisas – disse para si mesma. – É só imaginação.

O médico não dissera que possivelmente ela jamais teria outra convulsão?

Ela tivera convulsões na infância, e depois nunca mais nenhum sinal de nada do gênero, até aquele dia terrível...

Convulsões da fase de desenvolvimento, diagnosticara a tia. Mas o médico usou outro nome. Foi bem direto e claro dizendo como se chamava a doença, e advertiu que ela não deveria trabalhar como babá para não colocar em risco a vida de uma criança.

Mas ela havia gasto muito dinheiro com o treinamento. Era sua profissão, o que ela sabia fazer, com certificado e tudo, um emprego bem-remunerado, e ela adora cuidar de crianças. Já havia se passado um ano, e nada acontecera. Tudo besteira do médico. Ele só queria assustá-la.

Resolveu escrever para a agência, uma agência diferente, e logo conseguiu um emprego naquela casa. Estava feliz, cuidando daquela criaturinha adorável.

Colocou o bebê no berço e desceu para jantar. Acordou no meio da noite com um sobressalto.

"Vou esquentar um pouco de leite", pensou, aterrorizada. "Preciso me acalmar".

Acendeu a espiriteira e levou-a para a mesa perto da janela.

Não houve sinal algum. Desabou como uma pedra no chão, contorcendo-se em convulsões. A espiriteira caiu, e a chama correu pelo carpete até chegar à cortina.

II

Laura acordou de repente.

Tivera um sonho – um pesadelo –, embora não se lembrasse dos detalhes. Alguma coisa a perseguia, alguma coisa. Mas agora estava segura, em casa, na sua cama.

Acendeu a luz do abajur e olhou para seu pequeno relógio. Doze horas. Meia-noite.

Sentou-se na cama, relutando em apagar a luz de novo.

Ouviu um barulho estranho, um som de estalos... "Ladrões, talvez", pensou Laura, que, como todas as crianças, vivia suspeitando de assaltos. Saiu da cama e abriu a porta do quarto, olhando cautelosamente para fora. Estava tudo escuro e quieto.

Mas havia um cheiro estranho de fumaça. Laura foi até a porta que dava para as dependências de empregados. Nada.

Foi para o outro lado do corredor, onde uma porta dava para o quarto e o banheiro do bebê.

Nesse momento, recuou estarrecida. Grandes espirais de fumaça vieram em sua direção.

– Fogo! A casa está pegando fogo!

Laura saiu gritando, correndo para o quarto dos empregados:

– Fogo! A casa está pegando fogo!

Não conseguiu se lembrar mais do que aconteceu depois. A cozinheira e Ethel – Ethel descendo a escada para telefonar, a cozinheira abrindo a porta de comunicação, mas sem conseguir entrar, por causa da fumaça.

– Vai ficar tudo bem – a cozinheira murmurava, tentando consolá-la. – Os bombeiros vão chegar e tirá-las pela janela. Não se preocupe, minha querida.

Mas jamais ficaria tudo bem. Laura sabia.

Estava arrasada com a ideia de que sua reza havia sido atendida. Deus agira, prontamente e com um terror indescritível. Foi a Sua maneira, uma maneira terrível, de levar o bebê para o céu.

A cozinheira levou Laura para baixo com ela.

– Vamos, srta. Laura. Precisamos sair logo desta casa.

Mas a babá e a criança não tinham como sair. Estavam presas lá dentro!

A cozinheira correu escada abaixo, puxando Laura. Quando passavam pela porta de entrada e iam se juntar a Ethel no gramado do lado de fora, a cozinheira soltou a mão de Laura e ela voltou a entrar correndo, subindo a escada de novo.

Mais uma vez, abriu a porta do corredor e ouviu em meio à fumaceira um choro desesperado de criança ao longe.

De repente, algo dentro de Laura ganhou vida – um sentimento de calor, paixão, força, essa emoção incalculável chamada amor.

Conseguiu pensar com calma e frieza. Havia lido ou ouvido falar que, para salvar alguém em um incêndio, devemos molhar uma toalha e colocá-la em volta da boca. Correu para seu quarto, molhou a tolha de banho com um jarro de água, enrolou-a no rosto e mergulhou na fumaça. As chamas chegavam agora até o corredor, e as madeiras estavam despencando. Onde um adulto teria hesitado em passar, por causa do perigo, Laura seguiu em frente, com a coragem da ignorância que as crianças têm. Ela *precisava* salvar o bebê. Caso contrário, ele morreria queimado. Tropeçou no corpo inconsciente de Gwyneth, sem saber o que era. Tossindo, sem ar, conseguiu chegar ao berço. O mosquiteiro havia protegido a irmã da pior parte da fumaça.

Laura agarrou o bebê, colocando a toalha molhada sobre seu rosto, e saiu do quarto, como podia, já quase sem conseguir respirar.

Mas não podia voltar por onde viera. As labaredas obstruíam o caminho.

Ainda assim, Laura não perdeu a calma. A porta da área de serviço! Encontrou-a e subiu a escada de madeira frágil que dava para a lavanderia no sótão. Ela e Charles haviam passado por ali uma vez para chegar ao telhado. Se conseguisse chegar ao telhado...

Os bombeiros chegaram, e duas mulheres de camisola avisavam-nos, com urgência:

– O bebê. Há um bebê naquele quarto, com a babá.

O bombeiro apertou os lábios. Aquela parte da casa estava sendo consumida pelo fogo. "Sem chance", disse para si mesmo. "Não vou conseguir tirá-las de lá com vida!"

– Todo o resto já saiu? – quis saber.

A cozinheira, olhando em volta, perguntou:

– Onde está a srta. Laura? Ela veio atrás de mim. Onde será que ela está?

Nesse momento, um dos bombeiros gritou:

– Joe, tem alguém no telhado, no outro lado. Traga a escada.

Alguns instantes depois, colocaram o fardo no gramado, com cuidado – Laura, irreconhecível, toda preta, com os braços escoriados, semiconsciente, mas segurando firme no colo uma criaturinha, cujo choro revoltado anunciava que estava viva.

III

– Se não fosse por Laura... – Angela parou de falar, dominando suas emoções.

– Descobrimos toda a verdade sobre a babá – continuou. – Ela era epiléptica. Seu médico tinha avisado-a para não trabalhar como babá, mas ela não lhe deu ouvidos. Tudo indica que derrubou a espiriteira quando teve o ataque. Sempre desconfiei de que escondia alguma coisa.

– Coitada – disse Franklin. – Acabou pagando o preço.

Angela, implacável em seu amor maternal, recusava-se a ter pena de Gwyneth Jones.

– E nossa filha teria morrido queimada se não fosse por Laura.

– Laura está bem? – perguntou o sr. Baldock.

– Sim. Em choque, claro, e queimou um pouco o braço, mas nada grave. O médico disse que ela vai ficar boa logo.

– Que bom – exclamou o sr. Baldock.

Angela disse, indignada:

– E você insinuando para Arthur que Laura tinha ciúmes da irmãzinha, que seria até capaz de fazer uma besteira! Vocês, solteirões...

– Tudo bem, tudo bem – retrucou o sr. Baldock. – Não costumo me enganar, mas, confesso, às vezes é bom quando isso acontece.

– Vá lá dar uma olhada nelas.

O sr. Baldock obedeceu. O bebê estava deitado num tapete, em frente à lareira, dando pontapés no ar e fazendo sons ininteligíveis.

Ao seu lado estava Laura, com o braço enfaixado e sem os cílios, o que dava a seu rosto um toque cômico. Tentava distrair a irmã com umas argolas coloridas. Voltou-se para o sr. Baldock.

– Olá, minha jovem Laura – disse ele. – Como vai? Ouvi dizer que você é uma grande heroína. Fez um lindo salvamento.

Laura olhou-o rapidamente e depois voltou a concentrar-se nas argolas.

– Como está seu braço?

– Doeu muito, mas colocaram um remédio e está melhor agora.

– Você é engraçada – disse o sr. Baldock, sentando-se pesadamente numa cadeira. – Um dia você deseja que o gato sufoque sua irmãzinha, não adianta me enganar, sei que você desejou isso, e no dia seguinte você está arriscando a própria vida no telhado para salvá-la.

– O que importa é que a salvei – disse Laura. – Ela nem se machucou. – Debruçou-se sobre o bebê e falou com afeto: – Nunca vou deixar que algo lhe faça mal. Nunca! Vou cuidar dela a minha vida toda.

O sr. Baldock franziu a testa vagarosamente.

– Agora é amor, então? Você a ama?

– *Amo*! – A resposta veio com o mesmo fervor: – Amo-a mais do que qualquer coisa neste mundo!

Voltou-se para o sr. Baldock, que estava perplexo. Era como se um casulo tivesse se aberto, pensou. O rosto da menina estava radiante de emoção. Apesar da ausência grotesca dos cílios e da sobrancelha, aquele brilho fazia com que ela se tornasse repentinamente bonita.

– Entendo – disse o sr. Baldock. – Entendo... E agora?

Laura fitou-o, sem compreender e ligeiramente apreensiva.

– Não está certo? – indagou. – Eu amá-la?

O sr. Baldock olhou-a, pensativo.

– Está certo para *você*, minha jovem Laura – respondeu. – Para você, está certo – disse e perdeu-se em seus pensamentos, com a mão no queixo.

Como historiador, sempre se preocupara sobretudo com o passado, mas, em algumas ocasiões, o fato de não conseguir prever o futuro irritava-o profundamente, como agora.

Olhou para Laura e para Shirley, orgulhosa, e franziu a testa, intrigado. "Onde estarão", pensou, "daqui a dez, vinte, vinte e cinco anos? Onde *eu* estarei?"

A resposta a essa última pergunta veio sem demora.

– Debaixo da terra – murmurou para si mesmo. – Debaixo da terra.

Ele sabia disso, mas não acreditava totalmente nesse destino, como qualquer outra pessoa positiva cheia de vitalidade.

Que entidade negra e misteriosa era o futuro! O que aconteceria em vinte e poucos anos? Outra guerra, talvez? (Muito improvável!) Novas doenças? Pessoas atando-se a asas mecânicas, quem sabe, voando sobre as avenidas como anjos hereges! Viagens a Marte? Alimentação a base de pílulas, em vez de suculentos bifes e ervilhas!

– Em que o senhor está pensando? – perguntou Laura.

– No futuro.

– Em como vai ser amanhã?

– Mais longe do que isso. Imagino que você já saiba ler, não?

– Claro – retorquiu Laura, meio revoltada. – Já li vários livros do ursinho Pooh e...

– Não quero saber os detalhes – cortou o sr. Baldock. – Como você lê um livro? Começa do começo e vai seguindo?

— Sim. O senhor não?

— Não — respondeu o sr. Baldock. — Eu dou uma olhada no início, para ter uma ideia do que se trata, aí vou para o fim, para saber o desfecho, e depois volto, para ver *como* o personagem chegou lá. É muito mais interessante.

Laura olhou com interesse, mas desaprovou a ideia.

— Não acho que um escritor escreva um livro para ser lido assim.

— Claro que não.

— Acho que devemos ler os livros da forma como os escritores escreveram — disse Laura.

— Ah — exclamou o sr. Baldock. — Mas você está se esquecendo da outra parte, como dizem os malditos advogados: o leitor. O leitor também tem *seus* direitos. O autor escreve do jeito que quiser. Pontua as frases de maneira diferente, mexe no sentido do texto como bem entender... possui total liberdade. O leitor também tem o direito de ler como quiser, e o autor não pode interferir nisso.

— O senhor fala como se fosse uma batalha — comentou Laura.

— Eu gosto de batalhas — disse o sr. Baldock. — A verdade é que todos nós vivemos obcecados pelo tempo. A sequência cronológica não tem sentido algum. Se considerarmos a eternidade, podemos pular no tempo como quisermos. Mas ninguém pensa na eternidade.

Laura havia desviado a atenção. Não pensava na eternidade. Pensava em Shirley.

E, observando aquele olhar de dedicação, o sr. Baldock voltou a sentir-se vagamente apreensivo.

Parte Dois

Shirley – 1946

Capítulo 1

I

Shirley caminhava rapidamente pela alameda, com a raquete e os sapatos pendurados pelos cadarços debaixo do braço. Sorria, ligeiramente sem fôlego.

Precisava correr, porque estava atrasada para o jantar. Não devia ter jogado aquela última partida, pensou. Nem fora uma boa partida. Pam não jogava bem. Pam e Gordon não eram adversários à altura de Shirley e... como era o nome dele? Ah, Henry. Henry de quê?, perguntou-se.

Ao lembrar-se de Henry, Shirley diminuiu o passo.

Henry era uma novidade para ela, totalmente diferente de todos os homens que conhecia. Shirley procurava julgá-los de modo imparcial. Robin, o filho do vigário. Era um rapaz legal, muito dedicado e cavalheiro. Estava indo estudar línguas orientais em uma importante universidade. Um estudioso. Havia também Peter. Peter era muito jovem e inexperiente. E o outro chamava-se Edward Westbury, bem mais velho. Trabalhava em um banco e tinha um forte envolvimento com a política. Eram todos de Bellbury. Henry vinha de fora. Era sobrinho de alguém. Com ele, viera também uma sensação de liberdade e desapego.

Shirley refletiu nessa última palavra com prazer. Era uma qualidade que ela admirava.

Em Bellbury, não havia desapego. Todos estavam fortemente envolvidos uns com os outros, como numa família.

As raízes eram profundas, assim como o sentimento de pertencimento.

Shirley ficou um pouco confusa com essas palavras, mas elas expressavam exatamente o que ela queria dizer.

Agora, Henry não pertencia àquele lugar, a não ser como sobrinho de alguém, pensou, e mesmo assim por afinidade, não sobrinho de sangue.

"Ridículo", pensou Shirley, "afinal, Henry deve ter pai e mãe e uma casa como todo mundo". Mas ela concluiu que os pais dele haviam morrido em alguma parte remota do mundo, bem jovens. Ou talvez ele tivesse tido uma mãe que passara a vida toda na Riviera, casando-se diversas vezes.

"Ridículo", repetiu Shirley para si mesma. "Na verdade, você não sabe nada sobre Henry. Não sabe seu sobrenome nem quem o levou ao clube aquela tarde".

Mas isso devia ser algo típico de Henry, que ela não soubesse. Henry, pensou Shirley, devia aparecer sempre assim nos lugares – de modo misterioso, incerto – e depois partir, sem que as pessoas ficassem sabendo seu sobrenome ou de quem ele era sobrinho. Era apenas um jovem atraente, com um sorriso encantador, que jogava tênis muito bem.

Shirley gostou de sua naturalidade.

– Como vamos jogar? – perguntou Pam Crofton.

– Eu e Shirley contra vocês dois – respondeu Henry imediatamente, sacudindo a raquete. – Jogo profissional ou amador?

Henry faz sempre o que quer, concluiu Shirley.

– Você vai ficar aqui muito tempo? – perguntou ela.

– Acho que não – respondeu ele, de modo vago.

Henry não sugeriu que se encontrassem de novo.

Que pena, pensou Shirley, franzindo a testa.

Olhou mais uma vez para o relógio e apressou o passo. Realmente chegaria atrasada. Não que Laura se importasse. Laura nunca se importava. Ela era um anjo...

Avistou a casa, com sua beleza georgiana ligeiramente modificada devido ao incêndio que destruíra uma parte que jamais fora reconstruída.

Shirley não conseguiu não diminuir o passo. Não queria voltar para casa hoje. Não queria adentrar aquele ambiente de conforto, onde os últimos raios de sol ainda iluminavam os móveis forrados de chita. Uma quietude que trazia muita paz. Laura, sempre tão receptiva, com seu olhar protetor, e Ethel, colocando a mesa para o jantar. Amor, proteção, acolhimento, lar... Certamente, as coisas mais valiosas da vida. E ela possuía tudo isso, sem esforço ou desejo algum de sua parte. Estava tudo ali, à sua volta, oprimindo-a...

"Que maneira estranha de ver as coisas", pensou Shirley. "Por que me 'oprimindo'?"

Mas isso era exatamente o que ela estava sentindo. Pressão – uma pressão constante. Como o peso da mochila que carregou certa vez numa excursão a pé. Quase imperceptível no começo, mas, aos poucos, fazendo-se notar, pesando nos ombros, dificultando a caminhada. Um fardo...

"Mas veja só no que penso!", exclamou Shirley em pensamento e saiu correndo para a porta de casa.

O hall de entrada estava pouco iluminado. Do andar de cima, Laura perguntou pelo vão da escada, com sua voz rouca e doce:

– É você, Shirley?

– Sim. Estou bastante atrasada.

– Não tem problema. É só macarrão, *au gratin*. Ethel acabou de colocar no forno.

Laura Franklin desceu a escada, uma criatura magra, frágil, de rosto pálido e profundos olhos castanhos, dispostos num ângulo que lhes dava, curiosamente, um ar trágico.

– Você se divertiu? – perguntou, sorrindo.

– Muito – respondeu Shirley.

– Foi bom o jogo?

– Nada de mais.

– Alguém novo? Ou só o pessoal de Bellbury?

– Mais o pessoal daqui.

Engraçado quando nos fazem perguntas que não queremos responder, mesmo que a resposta não seja segredo algum. Nada mais natural do que Laura querer saber se ela tinha se divertido.

Se as pessoas gostam de nós, elas sempre querem saber...

Será que as pessoas de Henry queriam saber dele? Shirley tentou imaginá-lo em casa, mas não conseguiu. Parecia absurdo, mas ela não conseguia *visualizar* Henry em uma casa. Mas ele devia ter uma casa!

Uma imagem nebulosa formou-se em sua mente. Henry entrando em uma sala onde a mãe, uma loira platinada recém-chegada do sul da França, pintava cuidadosamente os lábios com uma cor bastante chamativa. "Oi, mãe, já está de volta?" "Sim. E você, estava jogando tênis?" "Estava." Não havia nenhuma curiosidade, praticamente nenhum interesse. Henry e a mãe eram quase indiferentes em relação ao que o outro estava fazendo.

– No que você está pensando, Shirley? – perguntou Laura, curiosa. – Está falando sozinha?

Shirley riu.

– Era só uma conversa imaginária.

Laura franziu a testa.

– Você parecia satisfeita.

— Uma coisa bem ridícula, na verdade.

A fiel Ethel anunciou, na porta da sala de jantar:

— O jantar está na mesa.

— Preciso tomar um banho – disse Shirley, e saiu correndo escada acima.

Depois do jantar, já na sala de estar, Laura disse:

— Recebi os prospectos da Faculdade Secretarial de St. Katherine. Soube que é uma das melhores. O que você acha, Shirley?

— De aprender taquigrafia e datilografia para conseguir um emprego? – perguntou, com uma careta que lhe tirou a beleza do rosto jovem.

— Por que não?

Shirley suspirou e depois riu.

— Porque sou preguiçosa. Prefiro ficar em casa, sem fazer nada. Laura, minha querida, já fiquei *anos* na escola! Não posso parar um pouco?

— Gostaria que você se especializasse em alguma coisa ou se interessasse por algo – comentou Laura, franzindo a testa.

— Sou um fiasco – disse Shirley. – Quero apenas ficar em casa, sonhando com um marido lindo e rico, que me ajudará a criar minha família.

Laura não respondeu. Parecia preocupada ainda.

— Se você estudar em St. Katherine, precisamos pensar onde você vai morar em Londres. Gostaria de morar com nossa prima Angela? Quem sabe...

— Com a prima Angela *não*. Tenha dó, Laura.

— Então com algum outro familiar. Ou em algum albergue. Mais tarde, você pode dividir um apartamento com alguma menina.

— Por que não posso dividir um apartamento com você? – quis saber Shirley.

Laura fez que não com a cabeça.

– Vou ficar aqui.

– Aqui? Você não vai para Londres comigo? – perguntou Shirley, indignada e incrédula.

Laura respondeu simplesmente:

– Não quero prejudicá-la, querida.

– Me prejudicar? Como assim?

– Ora... sendo possessiva, sabe?

– Como a mãe que come os filhotes? Laura, você nunca é possessiva.

Laura falou, em tom de dúvida:

– Espero que não, mas nunca se sabe. – Acrescentou, franzindo o cenho: – Nunca sabemos como realmente somos.

– Bem, não acho que você deva se preocupar, Laura. Você não é do tipo dominador... pelo menos comigo. Você não fica me dando ordens, nem tentando controlar minha vida.

– Bem, na verdade, isso é exatamente o que estou fazendo: arrumando um curso secretarial em Londres que você não tem o mínimo interesse em fazer!

As duas irmãs riram.

II

Laura endireitou a coluna e esticou os braços.

– Quatro dúzias – disse, contando as ervilhas-de-cheiro. – Devemos conseguir um bom preço por elas no Trendle's. Pedúnculos longos e quatro flores em cada caule. Fizeram sucesso este ano, Horder.

Horder, um senhorzinho sujo e soturno, teve que concordar.

– Não foi tão mal este ano – resmungou.

Era um homem muito seguro de sua posição. Jardineiro aposentado, conhecia bem sua profissão e quanto valiam aqueles cinco anos de trabalho. Todos queriam trabalhar com ele. Laura, por insistência e força de vontade, tinha conseguido, embora a sra. Kindle, cujo marido enriquecera com equipamentos de guerra, tivesse oferecido muito mais dinheiro.

Mas Horder preferiu trabalhar com a srta. Franklin. Conhecera seus pais. Pessoas de respeito. Lembrava-se da srta. Laura ainda pequena. Esses sentimentos, porém, não bastariam para prendê-lo. A verdade é que ele gostava de trabalhar para Laura. Ela conduzia bem os negócios, sem dar folga, mas também sem exigir demais. Sabia valorizar um bom trabalho. Fazia elogios sem parcimônia. Era generosa também nos lanches, oferecendo sempre um bom chá adoçado. Naquele tempo, não era todo mundo que servia chá com tanto desprendimento, porque o produto andava racionado. E a srta. Laura era, além de tudo, uma grande trabalhadora – ágil e eficiente –, com grandes ideias, sempre pensando no futuro, planejando, procurando novos métodos. Aquelas coberturas transparentes para proteger as plantas do frio, por exemplo. Horder não gostava. Laura admitia que podia estar errada... Por conta disso, o jardineiro aceitava dar uma chance às novidades. E que surpresa foram os tomates!

– Cinco horas – disse Laura, consultando o relógio. – Adiantamos bastante o trabalho.

Olhou em volta, para os vasos e latas de metal com plantas que seriam levadas no dia seguinte para um florista e um verdureiro em Milchester.

– Um preço ótimo dá para conseguir nesses vegetais – comentou o velho Horder, satisfeito. – Eu jamais teria acreditado.

– Mesmo assim, tenho certeza de que estamos fazendo a coisa certa, nos dedicando mais às flores.

As pessoas ficaram sem flores durante a guerra, e todo mundo está plantando legumes agora.

– Ah – fez Horder –, as coisas não são mais como antigamente. Na época de seus pais, ninguém pensava em plantar para vender. Lembro-me deste lugar como era: uma pintura! O sr. Webster era o encarregado. Veio pouco antes do incêndio. Aquele incêndio! Sorte que não destruiu a casa toda.

Laura assentiu com a cabeça, tirando o avental de borracha que estava usando. As palavras de Horder fizeram-na voltar muitos anos ao passado. "Pouco antes do incêndio..."

O incêndio havia sido uma espécie de divisor de águas em sua vida. Via-se de modo indistinto antes do ocorrido – uma criança ciumenta, infeliz, carente de amor e atenção.

Na noite do incêndio, porém, surgira uma nova Laura, cuja vida se tornara repentinamente plena. Desde o momento em que lutara contra a fumaça e as chamas com Shirley no colo, sua vida ganhara sentido: cuidar de Shirley.

Ela salvara a irmã da morte. Shirley lhe pertencia. De uma hora para a outra (assim lhe parecia agora), aquelas duas figuras importantes, seus pais, haviam sido relegadas à distância. A necessidade de atenção e cuidado que tinha havia diminuído até desaparecer. Talvez não tivesse amado os pais tanto quanto desejado seu amor. Amor era o que sentia tão subitamente por aquela pequena criatura de carne e osso chamada Shirley, que preenchia todas as suas faltas. Laura já não importava. O que importava agora era Shirley.

Passou a tomar conta de Shirley, cuidando para que nada lhe fizesse mal, protegendo-a dos gatos predatórios. Acordava no meio da noite para certificar-se de que não haveria um segundo incêndio. Levava e trazia coisas para a irmã, seus brinquedos. Brincaria com ela quando crescesse, cuidaria dela se ficasse doente...

Uma criança de onze anos, evidentemente, não tinha como prever o futuro: os pais, voltando de uma breve viagem a Le Touquet, morreram num desastre de avião.

Laura tinha catorze anos na época, e Shirley, três. Não tinham parentes próximos. Angela, a prima mais velha, era a pessoa mais próxima. Foi Laura quem fez todos os planos, pesando as consequências, adaptando-os segundo as necessidades e apresentando-os com toda a força das decisões indômitas. Um velho advogado e o sr. Baldock foram os testamenteiros. Laura propôs que saísse da escola e vivesse em casa. Uma excelente babá seria contratada para tomar conta de Shirley. A srta. Weekes viria morar com elas, responsabilizando-se pela educação de Laura e pelas obrigações do lar. Era uma ótima proposta, prática e viável, deparando-se apenas com uma leve oposição do sr. Baldock, que não gostava das mulheres de Girton e temia que a srta. Weekes colocasse coisas na cabeça de Laura, transformando-a numa pessoa pedante.

Mas Laura não tinha dúvidas a respeito da srta. Weekes. Não seria ela quem mandaria na casa. A srta. Weekes era uma intelectual, com interesse em matemática. Administração doméstica, portanto, não a interessaria. O plano deu certo. Laura teve uma educação esplêndida, a srta. Weekes teve acesso a uma vida nova e todo cuidado foi tomado para que ela e o sr. Baldock não entrassem em conflito. A escolha dos novos criados, a decisão de mandar Shirley para o jardim de infância e depois para um convento próximo, apesar de parecerem decisões da srta. Weekes, foram todas sugestões de Laura. Havia harmonia em casa. Mais tarde, Shirley foi mandada para um internato. Laura estava com 22 anos na época.

Um ano depois disso, estourou a guerra, alterando a rotina de todos. A escola de Shirley foi transferida para o País de Gales. A srta. Weekes foi para Londres trabalhar em um ministério. A casa foi requisitada pelo Ministério da Aviação para abrigar os oficiais. Laura foi morar na casa do jardineiro e começou a trabalhar como agricultora numa fazenda vizinha, enquanto cultivava uma horta em seu próprio terreno.

Agora, um ano depois, a guerra contra a Alemanha havia terminado. A casa fora abandonada de maneira abrupta, e Laura tentou fazer com que o lugar voltasse a ser o que era. Shirley terminara a escola e voltou para casa, recusando-se a ir para uma faculdade.

"Não sou inteligente", dizia. A diretora da escola confirmara isso com palavras ligeiramente diferentes em uma carta endereçada a Laura:

"Não creio que Shirley seja uma pessoa que se beneficiará de uma educação universitária. É uma menina cuidadosa e muito inteligente, mas, com certeza, não é do tipo acadêmico".

Shirley, então, voltou para casa, e Ethel, que estivera trabalhando em uma fábrica durante a guerra, largou o emprego a voltou também, não mais como a empregada cuidadosa que havia sido, mas como faz-tudo e amiga. Laura continuou elaborando planos para a produção de verduras e flores. Os rendimentos já não eram os mesmo com os novos impostos. Se ela e Shirley quisessem manter a casa, o cultivo das verduras e das flores teria que dar algum lucro.

Esse era o quadro do passado que Laura visualizava na mente enquanto tirava o avental e entrava em casa para se lavar. Ao longo dos anos, a figura central sempre havia sido Shirley.

Uma Shirley bebê, aprendendo a andar, contando para Laura em linguagem ininteligível sobre a vida de suas bonecas. Uma Shirley mais velha, voltando do jardim de infância, contando casos da srta. Duckworth, de Tommy e Mary, as travessuras de Robin, o que Peter desenhara no livro de leitura e o que a professora dissera.

Uma Shirley mais velha voltara do internato, transbordando de informações: as meninas de quem gostava, as meninas que odiava, a disposição angelical da srta. Geoffrey, a professora de inglês; a maldade desprezível da srta. Andrews, a professora de matemática; as afrontas da turma em relação à professora de francês. Shirley sempre se abrira com Laura. O relacionamento das duas era curioso – não pareciam irmãs, por conta da diferença de idade, mas também não podiam ser mãe e filha, porque eram da mesma geração. Laura nunca precisou fazer perguntas. Shirley contava tudo. "Laura, tenho um monte de coisas para lhe contar!" E Laura ouvia, ria, comentava, discordava, concordava, dependendo do caso.

Agora que Shirley voltara para casa, para Laura parecia que tudo continuava exatamente igual. Todo dia, a conversa sobre o que fizeram. Shirley falava à vontade sobre Robin Grant e Edward Westbury. Era uma pessoa afetuosa e franca, e por isso lhe parecia natural comentar o que havia acontecido no dia.

Mas naquele dia ela voltara do tênis monossilábica, sem responder direito às perguntas de Laura.

Laura não entendeu por quê. Evidentemente, Shirley estava crescendo, e teria sua própria vida, suas próprias questões. Era natural. O que Laura precisava definir era a melhor forma de Shirley amadurecer. Suspirou, consultou o relógio mais uma vez e decidiu ir ver o sr. Baldock.

Capítulo 2

I

O sr. Baldock estava ocupado no jardim quando Laura apareceu.

– O que você acha das minhas begônias? Gosta? – perguntou.

Na verdade, o sr. Baldock era um péssimo jardineiro, mas ficava excessivamente orgulhoso dos resultados que obtinha, ignorando completamente suas falhas. Laura olhou de maneira obediente para as parcas begônias e disse que elas eram bonitas.

– Bonitas? Elas são maravilhosas! – exclamou o sr. Baldock, que agora era um senhor de idade, bem mais corpulento do que dezoito anos antes. Grunhiu enquanto se abaixava para arrancar algumas ervas daninhas.

– É este verão úmido – explicou. – Assim que você limpa o terreno, elas voltam. Você não imagina como detesto trepadeiras! Podem dizer o que quiserem, mas, para mim, são filhas do diabo! – esbravejou, emendando uma pergunta, ainda ofegante: – Bem, minha jovem Laura, o que aconteceu? Algum problema? Diga.

– Sempre que venho falar com o senhor é porque estou preocupada, desde os seis anos.

– Você era uma criança muito peculiar, com o rosto pálido e uns olhos enormes.

– Eu queria saber se estava fazendo a coisa certa.

– Eu não me preocuparia se fosse você – disse o sr. Baldock. – Saia, sua maldita! – disse para a trepadeira. – Não há motivo para preocupação. Algumas pessoas sabem o que é certo e o que é errado, e outras não têm a mínima ideia. É como ter ouvido para música.

– Eu não quis dizer certo ou errado no sentido moral. Estou falando de tomar decisões de maneira inteligente.

– Bem, essa é outra história. De um modo geral, as pessoas fazem muito mais besteiras do que coisas certas. Qual o problema?

– Shirley.

– Claro, Shirley. Você não pensa em mais nada.

– Eu estava tentando conseguir um emprego de secretária para ela em Londres.

– Acho uma besteira – comentou o sr. Baldock. – Shirley é uma boa menina, mas a última pessoa que eu imaginaria como secretária.

– Mas ela tem que fazer alguma coisa.

– É o que dizem hoje em dia.

– E eu gostaria que ela conhecesse gente.

– Filha da mãe! – gritou o sr. Baldock, balançando a mão espetada. – Gente? O que você quer dizer com *gente*? Na rua? No trabalho? Outras meninas? Rapazes?

– Rapazes mesmo.

O sr. Baldock soltou uma risada.

– Ela até que está indo bem aqui. Aquele filhinho de mamãe, Robin, do vicariato, parece estar de olho nela, o jovem Peter parece apaixonado e até Edward Westbury começou a colocar brilhantina no que lhe sobrou de cabelo. Senti o cheiro na igreja domingo passado e pensei: em quem será que ele está interessado? Até que o vi na saída, balançando o rabo como um cachorrinho feliz, conversando com ela.

– Não creio que ela goste deles.

– E por que deveria? Ela tem tempo. Ainda é muito jovem, Laura. Diga-me uma coisa: por que você quer mandá-la sozinha para Londres? Ou você planeja ir junto?

– Não, não. Essa é a questão.

O sr. Baldock aprumou-se.

– Então essa é questão – disse, olhando-a com curiosidade. – O que você está pensando, Laura?

Laura respondeu, com os olhos no caminho de pedras.

– Como o senhor acabou de dizer, Shirley é a única coisa que importa para mim. Amo-a tanto que tenho medo de machucá-la ou de prendê-la demais a mim.

– Ela tem dez anos a menos do que você – disse o sr. Baldock, com uma doçura inesperada na voz – e, de certa forma, é mais sua filha do que sua irmã.

– É verdade. Trato-a como se fosse a mãe dela.

O sr. Baldock assentiu com a cabeça.

– E, como você é inteligente, deve saber que o amor maternal é um amor possessivo.

– Sei. É exatamente isso. Não quero ser assim. Quero que Shirley seja livre.

– E esse é o motivo de você querer tirá-la do ninho, não? Para que ela possa aprender a voar com as próprias asas.

– Sim. Mas não sei direito de devo fazer isso.

O sr. Baldock coçou o nariz com irritação.

– Vocês, mulheres! – exclamou. – O problema das mulheres é que vocês estão sempre querendo se justificar. Como podemos saber o que é certo ou não? Se a jovem Shirley for para Londres, conhecer um estudante egípcio e tiver um filho de tez morena em Bloomsbury, você vai dizer que a culpa é sua, quando na verdade a responsabilidade é da própria Shirley e possivelmente do rapaz egípcio. Se ela conseguir um bom emprego de secretária e se casar com o chefe, você vai dizer que estava certa. Tudo bobagem! Você não pode organizar a vida das pessoas por elas. Ou Shirley tem algum tino ou não tem. O tempo dirá. Se você acha que esse plano de Londres é uma boa ideia, vá em frente, mas não leve tudo tão a sério. Esse é o seu problema, Laura. Você leva a vida a sério demais. Aliás, esse é o problema de grande parte das mulheres.

– E o senhor não é assim?

– Levo a sério as ervas daninhas – disse o sr. Baldock, olhando com ódio para o solo. – E os pulgões. Levo a sério meu estômago, porque senão ele me dá problemas. Mas jamais penso em cuidar da vida dos outros. Tenho muito respeito pelas pessoas.

– O senhor não entende. Eu não aguentaria se Shirley estragasse sua vida e fosse infeliz.

– Besteira – disse o sr. Baldock, de maneira rude. – O que importa se ela for infeliz? A maioria das pessoas é, em algum momento. Você precisa aceitar a infelicidade, como tudo nesta vida. Precisamos de coragem e de um coração alegre para viver.

Olhou-a com seriedade.

– E você, Laura?

– Eu? – perguntou Laura, surpresa.

– Sim. Suponha que você seja infeliz. Você será capaz de aguentar isso?

Laura sorriu.

– Nunca pensei a respeito.

– Por que não? Pense um pouco mais em si mesma. O altruísmo em uma mulher pode ser tão desastroso como uma mão pesada para um confeiteiro. O que *você* deseja na vida? Você já tem 28 anos, idade de se casar. Por que não procura um marido?

– Que absurdo, Baldy.

— Malditas ervas daninhas! — exclamou o sr. Baldock. — Você é uma mulher, não é? Uma mulher bonita e perfeitamente normal. Ou você não é normal? Qual a sua reação quando um homem tenta beijá-la?

— Eles não tentaram muito — respondeu Laura.

— E por que não? Porque você não está fazendo a sua parte — disse, sacudindo o dedo. — Você está o tempo todo pensando em outras coisas. Olhe para você: uma moça tão distinta e bem-vestida, o tipo de moça que minha mãe aprovaria. Por que você não passa um batom vermelho e pinta as unhas da mesma cor para combinar?

Laura ficou olhando para ele, sem entender.

— O senhor sempre disse que odiava batom e unhas vermelhas.

— Odeio mesmo. Mas porque já estou com 79 anos. Só que esses símbolos indicam que você está disponível, pronta para entrar no jogo da natureza. Constituem uma espécie de chamado de acasalamento. Agora, você não faz o tipo de todo mundo, Laura. Não fica por aí se exibindo de modo sensual e vulgar como muitas mulheres. Só um tipo específico de homem poderia se interessar por você sem você fazer muito esforço, o tipo de homem capaz de enxergar quem você realmente é. Mas as chances de isso acontecer são pequenas. Você precisa fazer a sua parte. Você precisa lembrar que é uma mulher e fazer o papel de mulher, que é procurar um homem.

— Baldy, querido, adoro suas aulas, mas não tenho a mínima chance.

— Então você deseja ser uma solteirona?

Laura ficou vermelha.

— Não, claro que não. Só acho que não vou conseguir me casar.

— Isso é derrotismo! — exclamou o sr. Baldock.

— Não é derrotismo, não. Só não acho possível um homem se apaixonar por mim.

— Os homens se apaixonam por qualquer coisa — disse o sr. Baldock, rudemente. — A mulher pode ter lábios leporinos, acne, queixo proeminente ou até ser uma idiota. É só pensar nas mulheres casadas que você conhece. Mas não, minha jovem Laura, você não quer esse aborrecimento. Você quer amar, não ser amada, e eu diria até que você tem razão. Ser amado é carregar um fardo pesado.

— O senhor acha que amo Shirley demais? Que sou possessiva?

— Não — respondeu o sr. Baldock, com calma —, não acho que você seja possessiva. *Disso* eu a absolvo.

— Mas podemos amar demais?

— Claro que sim! — respondeu o sr. Baldock. — Estamos sujeitos a todo tipo de excesso: comer demais, beber demais, amar demais...

Declamou:

— *Conheci milhares de formas de amor, e todas se transformaram em arrependimento.* Pense nisso, minha jovem Laura.

II

Laura voltou para casa sorrindo. Ao entrar, encontrou Ethel, que vinha dos fundos dizendo, em tom confidencial:

— Há um moço esperando por você, um tal de sr. Glyn-Edwards. É bem jovem. Está na sala de visitas. Disse que esperaria. Parece um rapaz direito, digo, não é um vendedor ou algum charlatão.

Laura esboçou um sorriso, mas confiava no julgamento de Ethel.

Glyn-Edwards? Não se lembrava do nome. Talvez fosse um dos jovens pilotos que se alojaram na casa durante a guerra.

Atravessou o hall em direção à sala de visitas.

O rapaz, que se levantou assim que ela entrou, era um total estranho para ela.

Esse sentimento, aliás, seria o que permaneceria ao longo dos anos em relação a Henry: ele era um estranho. Jamais conseguiu ser outra coisa.

O jovem, que sorria com certo encanto, ficou sério. Pareceu surpreso ao vê-la.

– Srta. Franklin? – disse. – Mas você não é... – Voltou a sorrir, confiante. – Imagino que ela seja sua irmã.

– Shirley?

– Sim – respondeu Henry, evidentemente aliviado. – Shirley. Conheci-a ontem, no jogo de tênis. Meu nome é Henry Glyn-Edwards.

– Sente-se, por favor – disse Laura. – Shirley já deve estar voltando. Foi tomar chá na casa do padre. Aceita um xerez? Ou prefere gim?

Henry preferia xerez.

Os dois sentaram-se para conversar. Henry era educado, com um retraimento desarmante. Um encanto que poderia ter despertado repulsa. Falava com amabilidade e alegria, sem afetações, dirigindo-se a Laura com muita polidez.

– Você está hospedado em Bellbury? – perguntou ela.

– Não. Estou na casa da minha tia, em Endsmoor.

Endsmoor ficava a mais de cem quilômetros de distância, no outro lado de Milchester. Laura ficou ligeiramente surpresa. Henry sentiu que precisava se explicar um pouco.

– Ontem, fui embora com uma raquete que não é minha – disse. – Uma bobeira da minha parte. Então, resolvi voltar para devolvê-la e pegar a minha.

Olhou para Laura com delicadeza.

– E você conseguiu encontrar sua raquete?

– Sim – respondeu Henry. – Por sorte. Sou um pouco distraído. Quando morava na França, sempre perdia minhas coisas.

Piscou o olho tranquilamente.

– Como já estava aqui, pensei em visitar Shirley – explicou.

Havia um leve sinal de acanhamento na voz de Henry ou seria apenas impressão?

Laura não deixaria de gostar dele. Aliás, ela até preferia isso a um excesso de segurança.

O rapaz era muito simpático, não dava para negar. O que Laura não entendeu direito foi o sentimento de hostilidade que sentia.

Seria por possessividade de novo? Estranho que Shirley não tivesse comentado a respeito dele, se o conhecera no dia anterior.

Continuaram conversando. Já passava das sete horas, mas Henry parecia não se incomodar com isso. Ficaria ali até encontrar Shirley. Laura, porém, começou a se preocupar com a demora da irmã, que costumava chegar em casa mais cedo.

Pedindo desculpas a Henry, Laura saiu da sala, foi para o quarto onde estava o telefone e ligou para a casa do vigário.

A mulher do vigário atendeu.

– Shirley? Sim, Laura, ela está aqui. Está jogando golfe de jardim com Robin. Vou chamá-la.

Depois de uma pausa, ouviu-se a voz alegre de Shirley ao telefone.

– Laura?

Laura disse secamente:

– Você tem um admirador.

– Um admirador? Quem?

– O nome dele é Glyn-Edwards. Chegou há uma hora e meia e ainda está aqui. Pelo visto, vai ficar até você chegar. O problema é que já não temos mais o que conversar.

– Glyn-Edwards? Nunca ouvi falar. Bem, melhor eu voltar. Pena. Estava quase batendo o recorde de Robin.

– Ele estava no clube ontem, parece.

– Não será *Henry*? – perguntou Shirley sem fôlego, ligeiramente incrédula, com um tom que surpreendeu Laura.

– Pode ser que seja Henry – respondeu Laura, sem grandes emoções. – Ele está hospedado na casa de uma tia em...

Shirley a interrompeu, apressada:

– É Henry. Já estou indo para casa.

Laura desligou o telefone um pouco espantada. Voltou lentamente para a sala.

– Shirley já está vindo – anunciou, convidando-o para jantar.

III

Laura encostou-se na cadeira, sentada na cabeceira, e ficou observando os dois. Anoitecia, mas ainda não estava escuro, e as janelas estavam abertas. A luz daquela hora parecia perfeita, iluminando o rosto dos jovens, tão interessados um no outro.

Olhando-os com frieza, Laura tentou entender o desconforto que sentia. Será que tinha antipatizado com Henry? Não, impossível. Reconhecia o carisma do rapaz, suas boas maneiras. Como não sabia ainda nada a seu respeito, não podia julgá-lo de maneira adequada. Talvez ele fosse um pouco informal demais, descontraído demais, desligado demais. Sim, talvez fosse isso: ele era desligado.

Evidentemente, o motivo daquele desconforto estava em Shirley. Laura sentia o choque natural que se sente quando se descobre uma faceta desconhecida em uma pessoa que se julgava conhecer totalmente. Laura e Shirley não demonstravam muito os sentimentos uma para a outra, mas, reexaminando o passado, Laura recordou-se de Shirley expondo seus ódios, amores, desejos e frustrações.

No dia anterior, entretanto, quando Laura perguntara "Alguém novo? Ou só o pessoal de Bellbury?", Shirley respondera com indiferença: "Mais o pessoal daqui".

Por que Shirley não contara sobre Henry? Laura lembrou-se da falta de fôlego repentina da irmã ao saber que o rapaz tinha vindo vê-la.

Voltou a prestar atenção à conversa.

Henry terminava uma frase.

– ...se quiser. Posso pegá-la em Carswell.

– Eu adoraria. Nunca fui muito a corrida de cavalos...

– O cavalo de Marldon não é muito bom, mas um amigo meu tem uma barbada. Podíamos...

Laura chegou à fria conclusão de que a irmã estava sendo cortejada. A visita inexplicável de Henry, a desculpa esfarrapada... Ele estava interessado em Shirley. Não pensou que tudo aquilo poderia dar em nada. Ao contrário, via os acontecimentos lançando sombras diante deles.

Henry e Shirley se casariam. Ela sabia, tinha certeza. E Henry era um estranho... Ela jamais conheceria Henry mais do que conhecia agora.

Será que Shirley algum dia chegaria a conhecê-lo de verdade?

Capítulo 3

I

– Não sei se é uma boa ideia você conhecer minha tia – disse Henry, olhando para Shirley com cara de dúvida. – Acho que você vai se entediar.

Os dois estavam debruçados na cerca, olhando distraídos para o único cavalo que havia, o número dezenove, que estava sendo levado monotonamente de um lado para o outro da pista.

Era a terceira vez que Shirley ia a uma corrida de cavalos na companhia de Henry. Enquanto os outros rapazes que Shirley conhecera gostavam de filmes, Henry se interessava por esporte. Tudo igual, com a incrível diferença entre Henry e os outros jovens.

–Tenho certeza de que não vou me entediar – garantiu Shirley, com delicadeza.

– Não vejo como – insistiu Henry. – Ela lê horóscopo e tem fixação por pirâmides.

– Henry, já reparou que nem sei o nome de sua tia?

– Não? – perguntou Henry, surpreso.

– Ela é da família Glyn-Edwards?

– Não. Fairborough. Lady Muriel Fairborough. Não é má pessoa, na verdade. Não controla os outros. E está sempre pronta para enfrentar dificuldade numa crise.

– Esse cavalo chega a dar pena – comentou Shirley, em relação ao número dezenove. Estava tomando coragem para falar de algo totalmente diferente.

– É bem ruinzinho mesmo – concordou Henry. – Um dos piores cavalos de Tommy Twisdon. Deve cansar no primeiro obstáculo.

Mais dois cavalos foram trazidos à pista, e mais pessoas começaram a se debruçar na cerca.

– O que é isso? O terceiro páreo? – Henry consultou seu caderno. – Já apareceram os números? O número dezoito está correndo?

Shirley olhou para a tabela atrás dela.

– Sim.

– Devemos apostar nele, se o preço não estiver muito alto.

– Você entende bastante de cavalos, não, Henry? Você foi criado com cavalos?

– Minha experiência toda é com agenciadores de apostas.

Shirley respirou fundo para perguntar o que desejava perguntar desde o início.

– É curioso, mas sei muito pouco sobre você. Você tem pai e mãe ou é órfão como eu?

– Meus pais morreram nos ataques aéreos alemães contra Londres, na Segunda Guerra Mundial. Eles estavam no Café de Paris.

– Oh! Que horror...

– É mesmo, não? – concordou Henry, sem demonstrar, contudo, o mínimo de emoção. Pareceu sentir essa frieza, tanto que acrescentou: – Mas já faz mais de quatro anos. Eu gostava muito deles, mas não podemos passar a vida olhando para o que passou, concorda?

– Acho que sim – respondeu Shirley, sem muita convicção.

– Por que toda essa necessidade de informação? – quis saber Henry.

– Ora, é normal querermos saber das pessoas – falou Shirley, quase em tom de desculpa.

– É? – perguntou Henry, realmente surpreso. – De qualquer maneira, talvez seja bom você conhecer minha tia. Para Laura não ficar preocupada.

– Laura?

– Laura é uma mulher convencional, não? Vai gostar de saber que sou um homem respeitável e essas coisas.

Pouco tempo depois, chegou um bilhete de Lady Muriel convidando Shirley para almoçar e avisando que Henry a buscaria de carro.

II

A tia de Henry era muito parecida com a Rainha Branca de *Alice no País das Maravilhas*. Usava uma roupa de lã com retalhos de várias cores que ela mesma tricotara com esmero, e seu cabelo estava preso num coque marrom desbotado, com alguns fios cinza desgrenhados.

Conseguia combinar vivacidade e ambiguidade.

– Que bom que você veio, minha querida – disse docemente, apertando a mão de Shirley e deixando cair um novelo de lã no chão. – Pode pegar, Henry? Bom menino. Mas me diga, em que dia você nasceu?

Shirley respondeu que havia nascido no dia 18 de setembro de 1928.

– Virginiana. Logo vi. Sabe a hora?

– Não, infelizmente.

– Que pena! Tente descobrir e me diga. É muito importante. Onde estão minhas outras agulhas, as de número oito? Estou fazendo tricô para a Marinha. Um pulôver de gola alta.

Mostrou o casaco.

– Deve ser para um marinheiro bem grande – comentou Henry.

– Bem, imagino que eles tenham pessoas de todos os tamanhos na Marinha – retrucou Lady Muriel, sem se incomodar com o comentário. – E no Exército também – acrescentou. – Lembro-me do major Tug Murray... tinha mais de cem quilos... precisava de um cavalo especial que aguentasse seu peso. Até o dia em que quebrou o pescoço – disse, alegremente.

Um mordomo muito velho abriu a porta e anunciou que o almoço estava servido.

Foram para a sala de jantar. O almoço foi simples, e os talheres de prata estavam manchados.

– Coitado do sr. Melsham – disse Lady Muriel quando o mordomo saiu da sala. – Não enxerga mais *nada*. E treme tanto que tenho medo de que ele não consiga chegar à mesa. Já falei várias vezes para ele colocar as coisas no aparador, mas ele não me ouve. Também não quer se desfazer dos talheres de prata, embora não consiga limpá-los direito, por conta da visão. E discute com as moças que trabalham aqui... não são como as de antigamente, ele diz. Dá para entender. Com a guerra e tudo mais...

Voltaram para a sala de visitas, e Lady Muriel entabulou uma conversa animada sobre profecias bíblicas, as medidas das pirâmides, o valor justo dos cupons de descontos e as dificuldades de se cultivar uma horta.

Depois, de maneira repentina, guardou o tricô e anunciou que levaria Shirley para passear no jardim, despachando Henry com um recado para o motorista.

– É um ótimo menino, o Henry – disse, começando a caminhar com Shirley. – Muito egoísta, claro, e bem extravagante. Mas não é para menos. Com a educação que teve...

– Ele puxou à mãe? – perguntou Shirley, com cuidado.

– Nem um pouco. A pobre Mildred era muito contida com dinheiro. Para ela, isso era uma questão de honra. Não sei por que meu irmão se casou com ela, que não era bonita, nem interessante. Creio que ela foi muito feliz quando eles moraram no Quênia, em uma fazenda, no meio de pessoas sérias. Mais tarde, evidentemente, eles tiveram que se ajustar à sociedade, e acho que ela não se adaptou muito bem.

– O pai de Henry... – Shirley fez uma pausa.

– Pobre Ned. Foi ao Tribunal de Falências três vezes. Mas era uma ótima companhia. Henry me lembra ele às vezes. Esta é uma espécie muita rara de alstroeméria, que não dá em qualquer lugar. Tive sorte.

Arrancou uma flor seca e olhou para Shirley.

– Você é tão bonita, minha querida... não se incomode que eu diga isso. E muito jovem também.

– Estou com quase dezenove anos.

– Entendo... E você sabe fazer as coisas que as meninas inteligentes de hoje fazem?

– Não sou inteligente – disse Shirley. – Minha irmã quer que eu faça um curso de secretariado.

– Tenho certeza de que seria muito bom. Você poderia ser secretária de um parlamentar, quem sabe. Todo mundo diz que é um trabalho bem interessante, não sei por quê. Mas não acho que você vá ter tempo de fazer muita coisa... você vai se casar.

Suspirou.

– O mundo anda tão estranho hoje em dia. Acabei de receber uma carta de uma das minhas amigas mais antigas. A filha dela acabou de se casar. Com um *dentista*. Quando eu era moça, as meninas não se casavam com dentistas. Médicos sim, mas não dentistas.

Virou a cabeça.

– Aí vem o Henry. Então, Henry, imagino que você tenha vindo tirar a senhorita... senhorita...

– Franklin.

– A srta. Franklin de mim.

– Pensei em darmos uma volta até Bury Heath.

– Conseguiu a gasolina com Harman?

– Só alguns litros, tia Muriel.

– Bem, que isso não se repita, ouviu? Você precisa arranjar sua própria gasolina. Já é difícil arrumar para mim.

– A senhora não liga para isso, tia.

– Bom, desta vez passa. Adeus, minha querida. Não se esqueça de me mandar o horário de seu nascimento... não se esqueça... aí eu vou poder fazer seu mapa astral. Você deveria se vestir de verde, querida... Todos os virginianos deveriam se vestir de verde.

– Eu sou Aquário – informou Henry. – Dia 20 de janeiro.

– Instável – engatou a tia. – Lembre-se disso, minha querida. Não se pode confiar nos aquarianos.

– Espero que você não tenha ficado muito entediada – disse Henry, já no carro.

– Não fiquei nem um pouco. Sua tia é um doce.

– Eu não diria isso. Mas ela não é má pessoa.

– Ela gosta muito de você.

– Não creio. Mas ela não se importa que eu fique aqui. – Acrescentou: – De qualquer maneira, devo sair daqui em breve.

– E o que você vai fazer?

– Não sei muito bem. Pensei em ser advogado.

– É mesmo?

– Sim, mas dá muito trabalho. Talvez eu entre em algum negócio.

– De que tipo?

– Bem, depende do amigo que for me ajudar. Tenho alguns contatos no banco e conheço alguns magnatas que teriam o maior prazer em me ajudar a começar do zero. – Fez uma pausa e continuou: – Não tenho muito dinheiro. Para ser exato, trezentos por ano. Mas dinheiro meu. Quase todos os meus parentes são bastante sovinas... não adianta nem pedir. Minha tia Muriel é que me salva de vez em quando, mas ela também anda um pouco apertada ultimamente. Tenho uma madrinha que é relativamente generosa se você souber pedir. Tudo muito insatisfatório, eu sei...

– Por que você está me contando tudo isso? – perguntou Shirley, surpresa com a repentina enxurrada de informações.

Henry corou e o carro deu uma balançada.

– Achei que você soubesse... – murmurou ele, sem pronunciar bem as palavras. – Querida... você é tão especial... quero me casar com você... Você precisa se casar comigo... *precisa*... precisa.

III

Laura olhou para Henry com certa exasperação.

Sentia-se com se estivesse subindo uma montanha de neve: quanto mais rápido acelerava, mais voltava para trás.

– Shirley é nova demais – disse ela –, nova demais.

– Como assim, Laura? Ela já está com dezenove anos. Uma das minhas avós se casou aos dezesseis anos e teve filhos gêmeos antes de completar dezoito.

– Isso foi há muito tempo.

– Muita gente se casou jovem durante a guerra.

– E já se arrependeu.

– Você não acha que está sendo muito pessimista, não? Shirley e eu não vamos nos arrepender.

– Você não tem como saber.

– Tenho, sim – garantiu Henry, sorrindo. – Tenho certeza. Amo Shirley loucamente e vou fazer de tudo para que ela seja feliz.

Olhou para Laura com esperança e repetiu:

– Amo de verdade a sua irmã.

Como antes, sua sinceridade patente desarmou Laura. Ele realmente amava Shirley.

– Sei que não estou muito bem financeiramente...

Outra postura desarmante. Porque não era a questão financeira que preocupava Laura. Ela não esperava que Shirley conseguisse o que se costumava chamar de "bom partido". Henry e Shirley não teriam muito dinheiro para começar a vida, mas teriam o suficiente, se fossem prudentes. As perspectivas de Henry não eram piores do que as de centenas de outros rapazes liberados do serviço militar com um caminho pela frente a construir. Ele era saudável, inteligente, educado e carismático. Sim, talvez fosse isso. Era por seu carisma que Laura não confiava nele. Ninguém tinha o direito de ser tão carismático.

– Não, Henry – falou Laura, com um tom de autoridade. – Por enquanto, a questão do casamento está fora de cogitação. Vocês precisam noivar pelo menos um ano. Assim, terão tempo de ver se é realmente isso o que desejam.

– Laura, querida, você fala como um pai vitoriano de cinquenta anos. Nem parece uma irmã.

– Preciso ocupar o lugar de um pai para Shirley. Isso lhe dará tempo para conseguir um emprego e se estabelecer.

– Que deprimente – exclamou com um sorriso ainda carismático. – Acho que você não quer que Shirley se case com *ninguém*.

Laura ficou vermelha.

– Não diga besteira.

Henry ficou satisfeito com o sucesso de sua investida e saiu para encontrar Shirley.

– Laura está dificultando as coisas – disse ele. – Por que não nos casamos? Não quero esperar. Odeio ficar esperando. Você não? Quando esperamos muito tempo, acabamos perdendo o interesse. Podíamos nos casar sem chamar muita atenção, em um cartório qualquer. O que você acha? Isso nos pouparia bastante trabalho.

– Ah, não, Henry. Não podemos fazer isso.

– Por que não? Daria muito menos trabalho.

– Sou menor de idade. Não teríamos que ter o consentimento de Laura?

– Imagino que sim. Ela é sua tutora, não? Ou é aquele senhor... qual é mesmo o nome dele?

– Não sei direito. Baldy é meu testamenteiro.

– O problema é que Laura não gosta de mim – disse Henry.

– Gosta sim, Henry. Tenho certeza de que ela gosta.

– Não gosta, não. Ela sente ciúmes. É natural.

Shirley parecia preocupada.

– Você acha?

– Ela nunca gostou de mim... desde o começo. E tenho me esforçado bastante para agradá-la – disse Henry, um pouco magoado.

– Eu sei. Você é um amor com ela. Mas precisamos entender, Henry, que a notícia foi meio repentina mesmo. Acabamos de nos conhecer. Tem quanto tempo? Três semanas? Não me importo se tivermos que esperar um ano.

– Meu amor, eu não quero esperar um ano. Que me casar com você logo, na semana que vem, amanhã. Você quer se casar comigo?

– Sim, Henry. Eu quero.

IV

Como era de se esperar, o sr. Baldock foi convidado para jantar e conhecer Henry.

– Então, o que o senhor achou dele? – perguntou Laura após a refeição.

– Vamos com calma. Como posso julgar tão rápido? É um rapaz educado, não me trata como um velho caquético. Ouve-me com atenção.

– Isso é tudo o que tem a dizer? Ele é bom o suficiente para Shirley?

– Ninguém, jamais, conseguirá ser bom o suficiente para Shirley, minha querida Laura, a julgar pelos seus critérios.

– Talvez seja verdade... Mas o senhor gostou dele?

– Sim, gostei. Ele é o que eu chamaria de uma pessoa agradável.

– O senhor acha que ele será um bom marido?

– Aí já não posso garantir. Tenho fortes razões para suspeitar que, como marido, ele deixará a desejar.

– Então não podemos permitir que ela se case com ele.

– Não temos como proibi-la de se casar, se essa for sua vontade. Atrevo-me a dizer, ainda, que ele não será muito diferente de qualquer outro marido que ela venha a escolher. Tenho certeza de que ele não baterá nela, não colocará veneno em seu café, nem a envergonhará em público. Ter um marido decente e educado já é uma grande coisa, Laura.

– Sabe o que penso dele? Considero-o extremamente egoísta... e sem escrúpulos.

O sr. Baldock franziu a testa.

– Suponho que você esteja certa.

– E então?

– Então que ela gosta dele, Laura. Gosta muito. Aliás, está louca por ele. O jovem Henry pode não ser o marido ideal para você e, para ser sincero, também não é para mim, mas para Shirley ele é.

– Se pelo menos ela enxergasse quem ele é de verdade... – lamentou Laura.

– Ela vai acabar descobrindo – profetizou o sr. Baldock.

– Quando for tarde demais! Quero que ela enxergue quem ele é *agora*!

– Imagino que não fará muita diferença. Ela parece disposta a tudo.

– Se pudéssemos mandá-la para algum lugar... num cruzeiro ou à Suíça... mas está tudo tão difícil agora desde o início da guerra.

– Se quiser minha opinião – ponderou o sr. Baldock –, não adianta muito tentar impedir que duas pessoas se casem. Veja bem, eu tentaria se houvesse algum motivo sério para tal, se ele tivesse uma mulher e cinco filhos, se fosse epilético ou estivesse sendo procurado por estelionato. Mas quer saber o que aconteceria se você conseguisse separá-los mandando Shirley para o exterior?

– O quê?

O sr. Baldock respondeu com o indicador em riste.

– Ela voltaria casada com um rapaz do mesmo tipo. As pessoas sabem o que querem. Shirley quer Henry. Se ela não puder se casar com ele, ficará procurando até encontrar alguém o mais parecido possível. Já vi isso acontecendo várias vezes. Meu melhor amigo se casou com uma mulher que infernizou sua vida, o atazanou, intimidou, atormentou, não lhe deu um segundo de paz. Ninguém entendia como ele não a matava. Mas ele teve sorte! Ela pegou uma pneumonia grave e morreu! Seis meses depois, ele era um outro homem. Várias mulheres muito bonitas começaram a se interessar por ele. Um ano e meio depois, o que ele fez? Casou-se com uma mulher ainda pior do que a primeira. A natureza humana é um mistério.

Deu um suspiro profundo.

– Por isso, pare de andar para cima e para baixo fazendo drama, Laura. Já lhe disse que você leva a vida a sério demais. Você não pode querer controlar a vida dos outros. A jovem Shirley seguirá seu caminho, e, se você quiser saber, acho que ela consegue se virar sozinha melhor do que você. É com *você* que estou preocupado, Laura. Como sempre...

Capítulo 4

Henry rendeu-se com o mesmo carisma de sempre.
– Tudo bem, Laura. Se tem que ser um ano de noivado... estamos em suas mãos. Imagino que seria muito difícil para você se separar de Shirley sem ter tempo para se acostumar com a ideia.
– Não é isso.
– Não? – perguntou com um sorriso irônico, franzindo a testa. – Shirley é sua cordeirinha, não é?

Essas palavras incomodaram Laura.

Os dias após a partida de Henry foram difíceis.

Shirley não estava hostil, mas distante, mal-humorada, insegura e, apesar de não ter ressentimentos, demonstrava um ligeiro ar de reprovação. Vivia esperando o correio, mas a correspondência, quando vinha, era insatisfatória.

Henry não era de escrever cartas. Suas cartas eram breves bilhetes.

"Meu amor, como vão as coisas? Muita saudade. Ontem andei a cavalo. Não foi bom. Como está a fera? Seu para sempre, Henry."

Às vezes, passava uma semana inteira sem mandar notícias.

Uma vez, Shirley foi a Londres, e eles tiveram um encontro rápido e pouco agradável.

Henry recusou o convite de Laura.

– Não quero passar o fim de semana lá! Quero me casar com você, ter você a meu lado para sempre, não passar o fim de semana sendo vigiado severamente por Laura. Não se esqueça: Laura fará de tudo para colocá-la contra mim.

– Oh, Henry, ela jamais faria algo assim. Jamais. Ela mal fala de você.

– Na esperança de que você me esqueça.

– Como se isso fosse possível!

– É uma gata com ciúmes.

– Oh, Henry, Laura é um amor.

– Não comigo.

Shirley voltou para casa infeliz e inquieta.

Laura começou a se cansar.

– Por que você não convida Henry para passar o fim de semana aqui?

Shirley respondeu com tristeza:

– Ele não quer vir.

– Não quer vir? Que estranho.

– Não acho tão estranho. Ele sabe que você não gosta dele.

– Gosto, sim – disse Laura, tentando fazer com que sua voz soasse convincente.

– Não gosta, não, Laura.

– Considero-o uma pessoa muito agradável.

– Mas você não quer que eu me case com ele.

– Shirley, isso não é verdade. Só quero que você tenha certeza do que está fazendo.

– Eu tenho certeza.

– É porque eu a amo demais – gritou Laura desesperada. – Não quero que você cometa nenhum erro.

– Ora, não me ame demais. Não quero ser amada eternamente! – Acrescentou: – A verdade é que você está com ciúmes.

– Ciúmes?

– Ciúmes de Henry. Não quer que eu ame ninguém além de você.

– Shirley!

Laura virou o rosto, pálida.

– Você não quer que eu me case com *ninguém*.

Laura se retirou, e Shirley correu atrás dela para pedir desculpas.

– Querida, eu não quis dizer aquilo. Não quis mesmo. Sou uma grossa. Mas você parece sempre tão contra o Henry.

– É porque o considero egoísta. – Laura repetiu as palavras que usara com o sr. Baldock. – Ele não é... não é... *gentil*. Sinto que ele poderia, de alguma forma, se tornar uma pessoa inescrupulosa.

– Uma pessoa inescrupulosa – repetiu Shirley, pensativa, sem se alterar. – Sim, Laura, você tem razão. Henry talvez não tenha escrúpulos... Essa é uma das coisas que me atraem nele.

– Mas pense bem... se você estivesse doente, em apuros... ele cuidaria de você?

– Não sei por que preciso tanto do cuidado dos outros. Posso me cuidar sozinha. E não se preocupe com Henry. Ele me ama.

"Ama?", pensou Laura. "O que é o amor? A paixão descontrolada de um jovem ganancioso? Será que o amor de Henry por ela é algo além disso? Ou será que estou realmente com ciúmes?"

Soltou-se dos braços de Shirley e afastou-se, profundamente perturbada.

"Será verdade que não quero que ela se case com ninguém? Ou será só com Henry? Não quero que ela se case? Não acho que esse seja meu desejo, mas é que não há mais ninguém com quem ela possa se casar. Se outra pessoa aparecesse, será que eu sentiria o mesmo que estou sentindo agora e repetiria para mim mesma: 'Ele não'? Será verdade que a amo tanto? Baldy me avisou...

Amo-a tanto que não quero que ela se case... não quero que ela vá embora... quero que ela fique aqui... para sempre. Além do mais, o que tenho contra Henry? Nada. Nem o conheço. Nunca o conheci. Ele continua sendo o que era no início: um estranho. Tudo o que sei é que ele não gosta de mim. E talvez tenha razão de não gostar."

No dia seguinte, Laura encontrou o jovem Robin Grant saindo da igreja. Ele tirou o cachimbo da boca, cumprimentou-a e foi com ela em direção à cidade. Após ter dito que acabara de chegar de Londres, Robin comentou casualmente:

– Vi Henry ontem à noite, jantando com uma loira linda. Estava muito compenetrado. Melhor não dizer nada a Shirley.

Deu uma risada.

Apesar de entender o contexto, que Robin estava um pouco chateado com a situação porque gostava de Shirley, Laura ficou preocupada.

Henry, pensou ela, não era do tipo fiel. Ele e Shirley deviam ter discutido na última vez que se encontraram. E se ele estivesse interessado por outra mulher? E se ele decidisse romper o noivado?

"Isso é o que você queria, não?", disse a voz provocadora de seus pensamentos. "Você não quer que ela se case com ele. Foi por isso que você insistiu em um tempo de noivado longo, não foi? Assuma!"

Mas, no fundo, ela não ficaria feliz se Henry terminasse com Shirley. Shirley o amava. Iria sofrer. Se pelo menos tivesse certeza de que seria para o bem de Shirley...

"Como assim?", perguntou a voz cínica. "É para o seu próprio bem. Você quer ficar com a Shirley..."

Mas ela não queria ficar com Shirley daquela forma. Não queria uma Shirley desencantada, infeliz, à espera de seu amor. Quem era ela para saber o que seria melhor para Shirley?

Quando chegou em casa, escreveu uma carta para Henry:

"Querido Henry, andei pensando nas coisas. Se você e Shirley realmente querem se casar, não me sinto no direito de atrapalhar..."

Um mês depois, Shirley, de vestido branco de cetim e rendas, casou-se com Henry na igreja de Bellbury. A cerimônia foi celebrada pelo vigário (que estava resfriado), tendo como padrinho o sr. Baldock, apertado num fraque pequeno demais para ele. A noiva, radiante, despediu-se de Laura, e Laura disse com firmeza para Henry:

– Cuide bem dela, Henry. Você vai cuidar bem dela?

Henry, alegre e despreocupado como sempre, respondeu:

– Laura, querida, o que você acha?

Capítulo 5

I

– Você acha bom mesmo, Laura? – perguntou ansiosa Shirley, já casada havia três meses.

Laura, terminando a volta pelo apartamento (dois quartos, cozinha e banheiro) respondeu:

– Acho que ficou lindo.

– Estava horrível quando nos mudamos. Todo sujo! Fizemos quase tudo sozinhos, sem contar o teto, claro. Foi bem divertido. Você gostou do banheiro vermelho? Era para ter água quente sempre, mas geralmente não fica quente. Henry achou que o vermelho daria ideia de calor, como no inferno!

Laura riu.

– Você deve ter se divertido bastante.

– Tivemos muita sorte de encontrar um apartamento. Na verdade, este apartamento era de uns amigos de Henry. A única coisa chata é que eles não pagaram nenhuma conta quando moraram aqui. Às vezes aparece um leiteiro ou um vendedor furioso, mas, evidentemente, não temos nada com isso. Acho maldade dar calote em comerciantes, principalmente comerciantes pequenos. Henry diz que não importa.

– Vocês terão dificuldade de conseguir crédito – comentou Laura.

– Pago nossas contas toda semana – disse a honesta Shirley.

– Você está bem de dinheiro, querida? Nosso jardim tem dado lucro ultimamente. Se precisar de dinheiro...

– Você é um amor, Laura! Não, estamos bem. Guarde esse dinheiro para o caso de uma emergência. E se eu tiver uma doença grave?

– Olhando para você, acho difícil.

Shirley riu com alegria.

– Laura, estou muito feliz.

– Que maravilha!

– É o Henry.

Girando a chave na porta, Henry entrou e cumprimentou Laura com a jovialidade de sempre.

– Oi, Laura.

– Olá, Henry. Adorei o apartamento de vocês.

– E então, Henry, como foi no novo emprego?

– Novo emprego? – indagou Laura.

– Sim. Ele largou o outro. O trabalho era muito entediante. Henry passava o dia colando selos e indo ao correio.

– Estou disposto a começar do zero – disse Henry –, mas não tão do zero assim.

– E então, como foi lá? – repetiu Shirley, com impaciência.

– Acho que tem futuro – contou Henry. – Claro que ainda é um pouco cedo para saber.

Sorriu de modo carismático para Laura e disse que estavam muito felizes de vê-la.

Laura voltou para Bellbury satisfeita com a visita, sentindo que seus medos e hesitações haviam sido à toa.

II

– Mas, Henry, como podemos estar devendo *tanto*? – perguntou Shirley, angustiada.

Ela e Henry estavam casados havia pouco mais de um ano.

— Eu sei — concordou Henry. — Também acho demais! Não se pode dever tanto assim. Infelizmente — acrescentou, com tristeza — isso acontece.

— Mas como vamos conseguir pagar?

— Algum dia vamos pagar — respondeu Henry, de modo evasivo.

— Ainda bem que consegui esse emprego na floricultura.

— É mesmo. Não que você precise trabalhar. Só se você quiser.

— Eu gosto de trabalhar. Ficaria entediada se não fizesse nada o dia inteiro. Não dá para ficar só comprando coisas.

— Devo confessar — disse Henry, pegando um maço de contas a pagar — que acho esse tipo de coisa bem deprimente. Detesto a época do final de março. Mal acaba o Natal e já temos que pagar o imposto de renda. — Olhou para a conta que estava na frente do bolo. — Este homem, o que fez as estantes, está nos cobrando de maneira bastante agressiva. Vou jogar este papel direto no lixo. — Juntou palavra a ação e passou para a próxima correspondência. — "Prezado senhor, gostaríamos de avisá-lo..." Isso sim é uma forma educada de cobrar.

— Você vai pagar essa, então?

— Não agora — respondeu Henry —, mas vou guardá-la para pagar algum dia.

Shirley riu.

— Henry, adoro você. Mas o que vamos fazer?

— Não precisamos nos preocupar hoje à noite. Vamos sair para jantar num restaurante bem caro.

Shirley fez uma careta.

— Isso vai resolver?

— Não vai resolver nossa situação financeira — admitiu Henry. — Muito pelo contrário! Mas vai nos dar uma animada.

III

"Querida Laura,
Será que você poderia nos emprestar cem libras? Estamos numa situação um pouco complicada. Estou desempregado há dois meses, como você sabe (Laura não sabia), mas estou quase conseguindo fechar um negócio excelente. Nesse meio-tempo, vamos usando o elevador dos fundos para fugir dos credores. Desculpe ter que pedir a você desta maneira, mas achei melhor esse incômodo do que Shirley se preocupar.
Seu cunhado,
Henry."

IV

– Não sabia que você tinha pedido dinheiro emprestado a Laura!

– Não lhe contei? – Henry virou a cabeça, lentamente.

– Não – respondeu Shirley, de cara amarrada.

– Tudo bem, meu amor, não precisa acabar comigo. Laura contou?

– Não. Eu vi no talão de depósito.

– Nossa querida Laura. Emprestou sem o menor problema.

– Henry, por que você pediu dinheiro logo para ela? Preferia que não tivesse pedido. De qualquer maneira, você devia ter me avisado.

Henry sorriu.

– Você não teria deixado.

– Tem razão. Não teria mesmo.

– A verdade, Shirley, é que a situação estava bem crítica. Consegui pegar cinquenta com a tia Muriel e pedi cem para a Berta, minha madrinha, que não me emprestou e ainda me passou um sermão. Tentei com mais uns dois contatos, em vão. No final, só sobrou Laura.

Shirley ficou olhando para ele.

"Estou casada há dois anos", pensou ela, "e agora consigo enxergar o verdadeiro Henry. Ele nunca vai ficar muito tempo num emprego. Além disso, gasta dinheiro como água..."

Ainda se sentia feliz de estar casada com o marido, mas era capaz de listar algumas desvantagens. Henry já havia deixado quatro empregos. Não tinha dificuldade de conseguir trabalho, pois possuía um grande círculo de amigos ricos, mas não parava em nenhum. Ou se cansava e largava o emprego ou o demitiam. Como se isso não bastasse, gastava muito dinheiro e não tinha o menor problema de pedir emprestado. Segundo ele, era a melhor forma de resolver as questões financeiras. Shirley discordava.

– Você acha que serei capaz de mudá-lo algum dia, Henry? – perguntou após um longo suspiro.

– Mudar a mim? – indagou Henry, perplexo. – Por quê?

V

– Oi, Baldy.

– Oi, minha jovem Shirley – disse o sr. Baldock piscando o olho, voltando das profundezas de uma velha poltrona surrada. – Eu não estava dormindo – acrescentou, agressivamente.

– Claro que não – disse Shirley, com diplomacia.

– Muito tempo que não a vejo – disse o sr. Baldock. – Achei que tivesse esquecido de nós.

– Jamais os esquecerei!

– Seu marido veio com você?

– Desta vez não.

– Compreendo. – Fitou-a. – Você está um pouco magra e pálida, não?

– Estou fazendo regime.

– Mulheres! – exclamou, em tom irônico. – Está com algum problema no momento? – quis saber ele.

– Claro que não! – respondeu ela, segura.

– Ótimo. Só queria saber. Ninguém me conta mais nada hoje em dia. E estou ficando surdo. Não consigo mais ouvir as conversas como costumava fazer, o que torna a vida muito monótona.

– Coitadinho.

– E o médico me proibiu de trabalhar no jardim. Não posso mais me debruçar sobre os canteiros. O sangue vai para a cabeça, parece. Idiota. Esses médicos só sabem falar.

– Sinto muito, Baldy.

– Entende agora? – disse o sr. Baldock, fazendo drama. – Se quisesse me contar alguma coisa, suas palavras não iriam a lugar algum. Não precisamos contar para Laura.

Fez-se uma pausa.

– De certa forma – começou Shirley –, vim para lhe contar algo, sim.

– Sabia – disse o sr. Baldock.

– Achei que o senhor pudesse me dar um conselho.

– Não sei se posso. É muito perigoso dar conselhos.

Shirley não deu atenção ao comentário.

– Não quero falar com Laura. Ela não gosta do Henry. Mas o senhor gosta, não gosta?

– Claro que gosto – respondeu o sr. Baldock. – É uma pessoa agradável de se conversar. Ele escuta bem um velho tagarela como eu. Outra coisa de que gosto nele é que nunca se preocupa.

Shirley sorriu.

– Isso é verdade.

– Muito raro no mundo de hoje. Todas as pessoas que conheço sofrem de preocupação. Chegam a ter úlcera nervosa. Sim, Henry é um sujeito muito simpático. Não me preocupo com seu valor moral, como Laura.

Depois, perguntou com delicadeza:

– O que ele andou aprontando?

– O senhor acha que sou uma tola, Baldy, de gastar todo o meu dinheiro?

– É isso o que tem acontecido?

– Sim.

– Bem, com o casamento, o controle do dinheiro passou para você. Você pode usá-lo como bem entender.

– Eu sei.

– Henry sugeriu alguma coisa?

– Não. Na verdade, não. A responsabilidade é toda minha. Eu não queria que Henry falisse. Nem acho que ele se importaria muito, mas eu sim. Acha que fiz mal?

O sr. Baldock ponderou.

– Por um lado, sim, por outro, não.

– Explique.

– Bem, você não tem muito dinheiro e talvez possa precisar no futuro. Se acha que pode depender de seu querido marido, você está em maus lençóis. Nesse sentido, você é tola.

– E qual o outro lado?

– O outro lado é que, com o seu dinheiro, você comprou paz de espírito. Uma medida muito inteligente. – Olhou-a de forma penetrante: – Você ainda ama seu marido?

– Amo.

– Ele é um bom marido para você?

Shirley caminhou lentamente pela sala. Uma ou duas vezes passou o dedo, distraída, por uma mesa ou pelo espaldar de uma cadeira, reparando na poeira. O sr. Baldock a observava.

Finalmente, chegou a uma conclusão. Parada em frente à lareira, de costas para o sr. Baldock, Shirley disse:

– Não muito.

– Como assim?

– Ele está tendo um caso com outra mulher – explanou Shirley, sem emoção na voz.

– E é sério?

– Não sei.

– Por isso você veio aqui?

– Sim.

– Está com raiva?

– Muita.

– Você vai voltar?

Shirley fez silêncio por um momento e depois disse:

– Sim, vou voltar.

– Bem – disse o sr. Baldock –, a vida é sua.

Shirley foi em sua direção e lhe deu um beijinho na cabeça. O sr. Baldock grunhiu baixinho.

– Obrigada, Baldy – disse ela.

– Você não tem nada a agradecer. Não fiz nada.

– Eu sei – disse Shirley. – Isso é que é maravilhoso no senhor!

Capítulo 6

O problema, pensou Shirley, é que a gente acaba se cansando.

Encostou-se no assento de veludo do metrô.

Três anos antes, ela não sabia o que era cansaço. Morar em Londres talvez fosse parte do motivo. Começara trabalhando meio expediente, mas agora trabalhava o dia inteiro numa floricultura no distrito oeste da cidade. Depois do trabalho, geralmente tinha que fazer compras. Voltava para casa na hora do *rush* e preparava o jantar quando chegava.

Henry gostava de sua comida. Esse era o lado bom.

Fechou os olhos ao encostar-se. Alguém pisou no seu pé e ela encolheu a perna.

"Como estou cansada!", pensou.

Sua mente revisitou, de modo pouco metódico, os três anos e meio da vida de casada.

A euforia inicial...

As contas...

Mais contas...

Sonia Cleghorn.

A derrota de Sonia Cleghorn. Henry arrependido, encantador, carinhoso...

Mais dificuldades financeiras...

Bailios...

Muriel ajudando...

As férias caras e desnecessárias, mas muito agradáveis, em Cannes...

A honorável sra. Emlyn Blake...

A libertação de Henry das garras da sra. Emlyn Blake...

Henry agradecido, arrependido, encantador...

Nova crise financeira...

Bertha, a madrinha, ajudando...

A moça Lonsdale...

Preocupações financeiras...

Ainda a moça Lonsdale...

Laura...

Tentando evitar que Laura soubesse a verdade...

Fracasso na tentativa de evitar que Laura soubesse a verdade...

Briga com Laura...

Apendicite. Operação. Convalescença...

A volta para casa...

Fase final da moça Lonsdale...

Sua mente deteve-se nesse último item.

Estava descansando no apartamento, o terceiro em que moravam, mobiliado no sistema de aluguel com opção de compra – sugestão esta por conta dos bailios.

A campainha tocou, e ela sentiu preguiça de levantar e abrir a porta. Fosse quem fosse, a pessoa acabaria desistindo e indo embora. Mas não foi o que aconteceu. A pessoa não desistiu. Continuou tocando.

Shirley levantou-se, furiosa, abriu a porta e deu de cara com Susan Lonsdale.

– Ah, é você, Sue.

– Sim. Posso entrar?

– Na verdade, estou exausta. Acabei de voltar do hospital.

– Eu sei. Henry me contou. Coitadinha. Trouxe umas flores para você.

Shirley pegou o buquê de narcisos sem agradecer.

– Entre – disse.

Voltou ao sofá e deitou-se. Susan Lonsdale sentou-se numa cadeira.

– Não queria preocupá-la enquanto você estava no hospital – disse. – Mas sinto que devemos conversar abertamente.

– Como assim?

– Bem, Henry.

– O que é que tem Henry?

– Querida, você não vai dar uma de avestruz, vai? Enfiar a cabeça na areia para não ver mais nada?

– Não creio.

– Você já sabe que eu e Henry temos um sentimento muito especial um pelo outro, não sabe?

– Eu teria que ser cega e surda para não saber uma coisa dessas – respondeu Shirley friamente.

– Sim, sim. Claro. Henry é louco por você. E ele não se perdoaria se lhe fizesse algum mal. É isso.

– Isso o quê?

– Estou falando de divórcio.

– Você está me dizendo que Henry quer se divorciar?

– Sim.

– Então por que ele não me falou?

– Shirley, querida, você sabe como Henry é. Ele não gosta de ser categórico e, além disso, não queria que você ficasse chateada.

– Mas você e ele pretendem se casar?

– Sim. Fico tão feliz que você compreenda!

– Acho que compreendo, sim – disse Shirley, lentamente.

– E você vai dizer a ele que está tudo certo?

– Sim, vou falar com ele.

– Que bom! Muito delicado da sua parte. Na verdade, acho...

– Agora, vá embora – ordenou Shirley. – Acabei de sair do hospital e estou *cansada*. Dê o fora. Você me ouviu?

– A pessoa pode ao menos tentar ser *civilizada*! – exclamou Susan, indignada, e saiu batendo a porta.

Shirley ficou deitada em silêncio. Uma lágrima escorreu por seu rosto, mas ela a enxugou com raiva.

"Três anos e meio!", pensou. "Três anos e meio para chegarmos a isto!" Nesse momento, começou a rir, sem conseguir se controlar. Essa frase parecia uma fala de um melodrama barato.

Não sabia se haviam se passado cinco minutos ou duas horas quando ouviu a chave de Henry na porta.

Ele entrou com o mesmo ar despreocupado de sempre, trazendo um buquê de rosas amarelas.

– Para você, meu amor. Que tal?

– São lindas – disse Shirley. – Acabei de ganhar um buquê de narcisos não tão bonitos. Na verdade, eles estão até meio murchos.

– É mesmo? E quem mandou?

– Não foi enviado. A pessoa veio aqui. Susan Lonsdale.

– Que atrevimento! – exclamou Henry, com indignação.

Shirley ficou olhando para ele, em franca perplexidade.

– Ela veio aqui para quê? – perguntou Henry.

– Você não sabe?

– Não, mas imagino. Essa mulher está virando uma praga.

– Ela veio me dizer que você quer se divorciar.

– Que *eu* quero me divorciar? De *você*?

– É. Você quer?

– Claro que não – respondeu Henry, furioso.

– Você não quer se casar com Susan?
– De jeito nenhum.
– Ela quer se casar com você.
– Sim, estou sabendo. – Henry parecia desanimado. – Ela vive me ligando e mandando cartas. Já não sei mais o que fazer.
– Você disse a ela que queria se casar com ela?
– Talvez – respondeu Henry, de modo vago. – Ela deve ter falado alguma coisa e eu não neguei. Às vezes, não há como. – Sorriu sem graça. – Você não quer se divorciar de mim, quer, Shirley?
– Vai saber... – respondeu Shirley.
– Meu amor...
– Estou ficando cansada, Henry.
– Sou um tolo mesmo. Acabo estragando tudo – disse, ajoelhando-se ao seu lado com aquele sorriso radiante. – Mas eu a amo, Shirley. Todo o resto é besteira. Não significa nada. A única mulher com quem quero estar casado é você. Se você continuar me aguentando.
– O que você sente em relação a Susan?
– Podemos parar de falar da Susan? Ela é uma *chata*.
– Só queria entender.
– Bem... – disse Henry, pensativo. – Por uns quinze dias, fiquei louco por ela. Não conseguia nem dormir. Achava-a maravilhosa. Aí, comecei a achá-la um pouco chata. E, hoje, acho-a uma praga!
– Coitada.
– Não se preocupe com Susan. Ela é uma mulher sem moral. Uma verdadeira vagabunda.
– Às vezes, Henry, parece que você não tem coração.
– Não é isso – retrucou Henry. – Apenas não vejo por que as pessoas se prendem tanto. As coisas podem ser divertidas se você não levá-las a sério demais.
– Seu egoísta!

– Egoísta, eu? Devo ser. Você não se importa, não é, Shirley?

– Não vou me separar de você, mas estou cheia. Não dá para confiar em você em questão de dinheiro e você provavelmente continuará tendo esses casos estúpidos com outras mulheres.

– Não vou, não. Juro que não.

– Seja sincero, Henry.

– Bem, vou tentar, mas procure entender, Shirley, que esses casos não significam nada. Para mim só existe você.

– Agora eu é que fiquei com vontade de ter um caso! – disse Shirley.

Henry comentou que não poderia culpá-la se isso acontecesse.

Depois, sugeriu que eles fossem jantar fora em algum lugar agradável.

Henry foi um companheiro maravilhoso durante toda a noite.

Capítulo 7

I

Mona Adams estava dando uma festa. Ela adorava festas, principalmente as suas. Estava rouca de tanto gritar para que os convidados a ouvissem. A festa estava sendo um sucesso.

– Richard! – gritou ela, cumprimentando um convidado atrasado. – Que bom que você voltou! Você estava no Saara? Ou foi em Gobi?

– Nenhum dos dois. Eu fui para Fezã.

– Nunca ouvi falar. Mas que alegria revê-lo! Adorei o bronzeado. Com quem você gostaria de falar? Pam, Pam, este aqui é sir Richard Wilding, o explorador, lembra? Camelos, caças, desertos, aqueles livros incríveis. Acabou de voltar de um lugar no Tibete.

Virou-se e gritou em direção a mais um novo convidado que chegava.

– Lydia! Não sabia que você tinha voltado de Paris. Que alegria!

Richard Wilding ouvia Pam, que falava com ardor:
– Ontem à noite eu o vi na televisão! Que emoção conhecê-lo. Mas me diga: o que...

Richard não teve tempo de dizer-lhe nada.

Outra convidada atraiu sua atenção.

Depois de um tempo, finalmente chegou, com o quarto copo de bebida na mão, perto da mulher mais bonita que já tinha visto na vida.

Alguém dissera:
– Shirley, este é Richard Wilding.

Richard sentou-se imediatamente no sofá ao lado dela.

– Como são cansativos esses coquetéis! Já tinha me esquecido. Não gostaria de tomar um drinque comigo em algum lugar mais tranquilo?

– Adoraria – respondeu Shirley. – Este lugar parece cada vez mais um zoológico.

Com uma agradável sensação de fuga, os dois saíram à noite fria.

Wilding parou um táxi.

– Está um pouco tarde para beber – disse, olhando para o relógio – e, além disso, já bebemos bastante hoje. Melhor irmos jantar.

Deu ao motorista o endereço de um restaurante pequeno, mas caro, na Jermyn Street.

Depois que pediram os pratos, Richard sorriu para sua convidada do outro lado da mesa.

– Este é o momento mais agradável que estou tendo desde que voltei do deserto. Tinha me esquecido de como são aterradores os coquetéis em Londres. Por que as pessoas vão a essas festas? Por que eu fui? Por que você vai?

– Instinto de rebanho, suponho – respondeu Shirley levianamente.

O ar de aventura da ocasião fazia seus olhos brilharem. Observou o homem bronzeado e atraente à sua frente.

Estava ligeiramente satisfeita de ter arrebatado a pessoa mais importante da festa.

– Sei tudo sobre você – ela disse. – E já li seus livros!

– Não sei nada sobre você, exceto que seu primeiro nome é Shirley. Shirley de quê?

– Glyn-Edwards.

– E que você é casada – ele disse, olhando para a aliança na mão dela.

– Sim. E moro em Londres, e trabalho numa floricultura.

– Você gosta de morar em Londres, trabalhar numa floricultura e ir a festas?

– Não muito.

– O que você gostaria de fazer ou ser?

– Hmm... – fez Shirley, semicerrando os olhos. Depois disse, com ar sonhador: – Gostaria de viver numa ilha distante, numa casa branca com persianas verdes, sem fazer nada o dia inteiro. Na ilha, haveria frutas e muitas flores... tudo junto... cores e cheiros... e banho de lua todas as noites... e o mar pareceria roxo no escuro...

Suspirou e abriu os olhos.

– Por que as pessoas sempre escolhem ilhas? Imagino que uma ilha de verdade não seja nem um pouco agradável – disse Richard Wilding. E continuou, com um tom de voz afável: – Estranho o que você disse.

– Por quê?

– Eu poderia lhe dar essa ilha.

– Você está dizendo que tem uma ilha?

– Uma boa parte. E muito parecida com a ilha que você descreveu. O mar é vinho à noite, as casas são brancas com persianas verdes, existem muitas flores como na sua descrição, uma mistura de cores e aromas, e ninguém vive apressado lá.

– Que incrível! Parece uma ilha de sonho.

– E é de verdade.

– Como você consegue sair de lá?

– Sou incansável. Um dia, talvez, eu volte, me instale e nunca mais saia de lá.

– Faria muito bem.

O garçom trouxe o primeiro prato e quebrou o encanto. A conversa tomou um rumo mais trivial.

Depois do jantar, Wilding levou Shirley para casa. Ela não o convidou a entrar.

– Espero vê-la em breve – disse ele, segurando a mão dela mais tempo do que o necessário.

Shirley corou e retirou a mão.

Nessa noite, ela sonhou com uma ilha.

II

– Shirley?
– Sim.
– Você sabe que estou apaixonado por você, não sabe?

Ela assentiu com um gesto calmo de cabeça.

Seria difícil descrever as últimas três semanas, aquela atmosfera de irrealidade, uma espécie de abstração permanente.

Shirley sabia que estivera e ainda estava cansada, mas desse cansaço vinha um delicioso sentimento de torpor, como se não estivesse em nenhum lugar especial.

E nesse estado, seus valores mudaram.

Era como se Henry e tudo o que se relacionava a ele tivesse se tornado obscuro e distante. Ao mesmo tempo, Richard Wilding se destacava em primeiro plano – uma figura romântica, maior do que a própria vida.

Shirley olhou para ele com um olhar muito sério.

– Você gosta de mim? – perguntou ele.
– Não sei.

O que ela *sentia*? Sabia que diariamente esse homem ocupava cada vez mais seus pensamentos. Sabia que sua proximidade a excitava. Reconhecia que estava entrando em uma história perigosa, que poderia arrastá-la a um turbilhão de paixão. E sabia, acima de tudo, que não queria deixar de vê-lo.

– Você é muito leal, Shirley. Nunca me falou nada a respeito de seu marido – disse Richard.

– E deveria?

– Mas já ouvi falar dele.

– As pessoas dizem o que querem – comentou ela.

– Soube que ele é infiel e não muito cuidadoso com você.

– É verdade. Henry não é um homem muito atencioso.

– Ele não lhe dá o que você merece: amor, cuidado, carinho.

– Henry me ama, do seu jeito.

– Talvez. Mas você quer mais do que isso.

– Antes eu não queria.

– Mas agora quer. Você quer sua ilha, Shirley.

– Ah, a ilha. Foi só um sonho.

– Um sonho que poderia se tornar realidade.

– Talvez. Mas acho difícil.

– *Poderia.*

Uma brisa fria vinda do rio soprou pelo terraço onde eles estavam.

Shirley endireitou-se, puxando o casaco para aquecer-se.

– Não devemos mais falar assim – disse. – O que estamos fazendo é uma tolice, Richard, uma tolice perigosa.

– Talvez. Mas você não gosta de seu marido, Shirley, você gosta de mim.

– Sou casada com Henry.

– Mas você gosta é de *mim.*

– Sou casada com Henry – repetiu, como um mantra.

III

Quando chegou em casa, encontrou Henry deitado no sofá, com a roupa branca do tênis.

– Acho que estirei um músculo – contou ele, fazendo uma careta de dor.

– O que você fez hoje?

– Fui jogar tênis em Roehampton.

– Com Stephen? Pensei que vocês fossem jogar golfe.

– Mudamos de ideia. Stephen veio com Mary, e Jessica Sandys completou o time.

– Jessica? Aquela morena que encontramos no Archers' outro dia?

– É... ela mesma – respondeu Henry, sem jeito.

– Seu último caso?

– Shirley! Já conversamos sobre isso. Eu prometi...

– Eu sei, Henry, mas de que valem as promessas? Vocês estão tendo um caso, sim. Está na cara.

– Claro, se você quiser imaginar coisas... – disse ele, de mau humor.

Shirley completou:

– Se for para imaginar coisas, prefiro imaginar uma ilha.

– Por que uma ilha? – perguntou Henry, sentando-se no sofá. – Estou todo dolorido.

– Melhor você descansar amanhã. Passar um domingo descansando.

– Sim, estou precisando.

Mas, no dia seguinte, Henry declarou que a dor tinha passado.

– Na verdade, combinamos uma revanche – disse ele.

– Você, Stephen, Mary... e Jessica?

– Sim.

– Ou só você e Jessica?

– Não, todos – respondeu, sem titubear.

– Como você é mentiroso, Henry – disse Shirley, mas sem raiva. Havia até um ligeiro sorriso em seu rosto. Lembrou-se do jovem que conhecera na partida de tênis quatro anos antes e de como se sentira atraída pelo seu jeito desapegado. Isso nunca mudara.

O rapaz tímido que viera vê-la no dia seguinte e que esperara obstinadamente, conversando com Laura, até ela voltar era o mesmo rapaz que agora andava atrás de Jessica.

"Henry realmente não mudou nada", pensou ela. "Não quer me machucar, mas não muda. Faz sempre o que deseja."

Reparou que Henry estava mancando um pouco e disse de modo impulsivo:

– Realmente acho que você não deve ir jogar tênis hoje. Ontem mesmo você estava todo dolorido. Não pode deixar para o próximo fim de semana?

Mas Henry queria ir e foi.

Voltou por volta das seis da tarde e caiu de cama, tão mal que Shirley se assustou. Ignorando os protestos de Henry, resolveu chamar o médico.

Capítulo 8

I

Assim que Laura se levantou da mesa depois do almoço no dia seguinte, o telefone tocou.

– Laura? Sou eu, Shirley.

– Shirley? O que houve? Sua voz está estranha.

– É Henry, Laura. Ele está no hospital com poliomielite.

"Como Charles", pensou Laura, lembrando-se do passado. "Como Charles..."

A tragédia que ela não conseguira apreender na infância de repente adquiria um novo significado.

A angústia da voz de Shirley era igual à que a mãe sentira.

Charles havia morrido. Será que Henry morreria?

Ficou pensando. Será que Henry morreria?

II

– Paralisia infantil é a mesma coisa que poliomielite, não é? – perguntou ao sr. Baldock sem saber.

– É só um novo nome para a mesma doença. Por quê?

– Henry está com poliomielite.

– Coitado. E você está se perguntando se ele conseguirá se recuperar?

– Sim.

– E deseja que não?

– O senhor fala como se eu fosse um monstro.

– Ora, Laura, você provavelmente pensou nisso.

– Pensamos coisas horríveis – justificou-se Laura. – Mas eu não desejaria a morte de ninguém. Não mesmo.

– Não – concordou o sr. Baldock, pensativo. – Você não desejaria mesmo... hoje em dia.

– O que o senhor quer dizer com "hoje em dia"? Não está se referindo àquela história da Mulher Escarlate, está? – perguntou, rindo ao se lembrar. – O que vim lhe dizer é que não vou conseguir vir visitá-lo todos os dias por um tempo. Estou indo para Londres hoje à tarde, ficar com Shirley.

– Ela quer você ao lado dela?

– Claro que ela quer – retrucou Laura, indignada. – Henry está no hospital. Ela está sozinha. Precisa de companhia.

– Provavelmente... sim, provavelmente. Está certo. É o mais lógico a fazer. Eu não importo.

O sr. Baldock, como um semi-inválido, sentia muito prazer com a autopiedade.

– Querido, sinto muito, mas...

– Mas a Shirley vem primeiro! Tudo bem, tudo bem. Quem sou eu? Apenas um velho chato de oitenta anos, surdo, quase cego...

– Baldy...

O sr. Baldock sorriu subitamente e piscou um olho.

– Laura – disse ele –, você é ingênua em relação a histórias de infortúnio. Qualquer um que sinta pena de si mesmo não precisa que você também se compadeça. A autopiedade é praticamente uma ocupação em tempo integral.

III

– Não foi uma sorte eu não ter vendido a casa? – comentou Laura.

Haviam se passado três meses. Henry não morrera, mas escapara por pouco.

– Se ele não tivesse insistido em jogar tênis após os primeiros sintomas, o caso não teria sido tão grave. Agora...

– É grave, não é?

– É quase certo que ele ficará paralítico.

– Coitado.

– Não contaram isso para ele, claro. Acho que ainda há uma chance. Mas talvez só digam isso para animar Shirley. De qualquer maneira, como eu disse, foi ótimo eu não ter vendido a casa. É estranho... Tive o pressentimento de que não devia vendê-la. Eu vivia me dizendo que era ridículo ter uma casa tão grande, que, como Shirley não tinha filhos, eles jamais iriam precisar de uma casa de campo. E eu estava bem inclinada a aceitar o trabalho de diretora da creche em Milchester. Mas acabou que a venda não aconteceu, eu posso ir embora e deixar a casa para Shirley e Henry quando ele sair do hospital. Parece que ainda vai demorar alguns meses.

– Shirley considera esse um bom plano?

Laura franziu a testa.

– Não, por algum motivo ela está bem relutante. Acho que sei por quê.

Olhou com seriedade para o sr. Baldock.

– Shirley deve ter lhe contado algo que não quis me dizer. Ela gastou todo o dinheiro que tinha, é isso?

– Ela não me contou – disse o sr. Baldock –, mas acho que é isso, sim. – Acrescentou: – E imagino que Henry tenha gastado tudo o que tinha também.

— Já ouvi muitas histórias — disse Laura. — Dos amigos deles e de outras pessoas. Dizem que o casamento tem sido desastroso, que ele gastou todo o dinheiro dela, que a despreza e tem casos com outras mulheres. Mesmo agora, que ele está doente, não consigo perdoá-lo. Como ele pôde tratar Shirley dessa maneira? Ela merece ser feliz mais do que ninguém, sempre tão cheia de vida, energia e confiança. — Laura levantou-se e começou a andar pelo ambiente. Tentou controlar a voz ao dizer:

— Por que deixei que ela se casasse com Henry? Eu poderia ter impedido ou adiado de alguma forma, para que ela tivesse tido tempo de ver como ele era na realidade. Mas ela estava tão ansiosa, querendo se casar logo, que acabei permitindo. Eu queria que ela fizesse o que desejava.

— Pois é.

— E o pior não é isso. Eu quis mostrar que eu não era possessiva. Só para provar isso para mim mesma, deixei que ela entrasse numa vida de infelicidade.

— Já lhe falei, Laura, que você se preocupa demais com a felicidade e infelicidade das pessoas.

— Não aguento ver Shirley sofrendo! O senhor não se importa, pelo visto.

— Shirley, Shirley! Eu me importo com você, Laura... como sempre. Desde que você era pequena, andando de bicicleta no jardim, séria como um juiz. Você tem uma inclinação pelo sofrimento e não consegue atenuar isso, como algumas pessoas, recorrendo ao bálsamo da autopiedade. Você nunca pensa em si mesma.

— O que é que eu tenho a ver com isso? Não é *o meu* marido que está com paralisia infantil!

— Mas parece que é, do jeito que você está lidando com o assunto. Sabe o que quero para você, Laura? Uma felicidade diária. Um marido e filhos levados. Você sempre foi uma pessoa trágica, desde pequena. Você precisa mais do outro lado, se quiser se desenvolver da maneira adequada. Não carregue os sofrimentos do mundo nas costas. Nosso Senhor, Jesus Cristo, já fez isso por nós. Você não pode viver a vida dos outros, nem mesmo a de Shirley. Ajude-a, sim, mas não se preocupe tanto.

Laura disse, com o rosto pálido:

– Você não entende.

– Você é como todas as mulheres, sempre fazendo tempestade em copo d'água.

Laura fitou-o em silêncio por um momento, deu meia-volta e saiu da sala.

– Maldito idiota! – exclamou o sr. Baldock em voz alta. – Agora já foi.

Ele ficou surpreso quando a porta se abriu e Laura entrou correndo em sua direção.

– Você é terrível mesmo – disse ela, beijando-o.

Quando Laura se retirou de novo, o sr. Baldock ficou lá, jogado, e piscou o olho, envergonhado.

Havia adquirido há pouco tempo o hábito de falar sozinho, e começou a rezar, olhando para o teto.

– Cuide dela, Senhor. Eu não sou capaz. Creio que já foi muita presunção da minha parte tentar.

IV

Ao saber da doença de Henry, Richard Wilding escreveu uma carta para Shirley expressando solidariedade. Um mês depois, escreveu de novo, pedindo para vê-la. Ela respondeu:

"Não acho uma boa ideia nos encontrarmos. Henry é a única realidade agora em minha vida. Espero que você compreenda. Adeus."

Richard retorquiu.

"Você disse o que eu esperava que dissesse. Deus a abençoe, minha querida, agora e sempre."

Era o fim daquela história, concluiu Shirley.

Henry ia sobreviver, mas o que ela teria agora pela frente eram as dificuldades práticas da existência. Ela e Henry não tinham quase nenhum dinheiro. Quando ele saísse do hospital, incapacitado, a primeira necessidade seria uma casa.

A solução óbvia era Laura.

Laura, generosa, boa, tinha certeza de que Shirley e Henry viriam para Bellbury. No entanto, por algum motivo misterioso, Shirley relutava em ir.

Henry, um inválido rebelde e amargo, sem o menor vestígio da leveza de antes, disse que ela estava louca de não aceitar.

– Não sei o que você tem contra a ideia. É a única solução. Graças a Deus, Laura nunca vendeu a casa. Lá tem bastante espaço. Podemos ficar com uma suíte só para nós e contratar um enfermeiro ou um cuidador para mim, se for preciso. Não sei por que você está tão relutante.

– Não podemos ir para a casa de Muriel?

– Ela teve um derrame, você sabe. Provavelmente terá outro em breve. Tem uma enfermeira cuidando dela, está bastante gagá e sua renda reduziu-se à metade com todos os impostos. Fora de cogitação. Qual o problema de ir para a casa de Laura? Ela nos ofereceu a casa, não ofereceu?

– Claro. Mais de uma vez.

– Então. Por que você não quer ir? Laura adora você.

– Ela adora a *mim*, mas...

– Tudo bem, Laura adora você e não gosta de mim! Melhor ainda. Ela ficará feliz de me ver nesse estado, um aleijado sem esperança.

– Não diga isso, Henry. Você sabe que Laura não é assim.

– O que me importa Laura? O que me importa qualquer coisa? Você entende o que estou passando? Entende que estou inválido, inerte, incapaz de me virar na cama? O que lhe importa?

– Eu me importo, sim.

– Presa a um inválido! Que divertido!

– Não me incomodo com isso.

– Você é como todas as mulheres. Tem prazer em tratar um homem como uma criança. Sou dependente de você agora. Espero que você faça bom proveito.

– Diga o que quiser – disse Shirley. – Sei muito bem o que você está passando.

– Você não tem a mínima ideia. Impossível. Preferiria estar morto! Por que esses malditos médicos não nos matam logo? É a única solução decente. Vamos, diga mais coisas agradáveis.

– Tudo bem – disse Shirley –, vou dizer mesmo. Você ficará louco. É pior para mim do que para você.

Henry fuzilou-a com o olhar e depois deu uma risada.

– Você viu que eu estava blefando – disse.

V

Shirley escreveu para Laura um mês depois.

"Querida Laura, é muita bondade sua nos receber. Não dê importância ao Henry e ao que ele diz. Ele está passando por um momento muito difícil. Jamais precisou fazer algo que não desejasse e está tendo ataques de ódio. É realmente terrível isso ter acontecido logo com uma pessoa como ele."

Laura respondeu de forma sucinta e carinhosa.

Duas semanas depois, Shirley e seu marido inválido vieram para casa.

Por que, pensava Shirley, quando Laura a abraçava com tanto afeto, ela sentia que não queria estar ali?

Aquele lugar também era seu. Ela estava de volta no círculo de proteção e cuidado da irmã. Sentia-se como uma criança pequena de novo.

– Laura, querida, estou tão feliz de estar aqui... Estou tão cansada... terrivelmente cansada.

Laura ficou chocada com sua aparência.

– Minha querida Shirley, você tem passado maus bocados... não se preocupe mais.

– Não ligue para o Henry – disse Shirley, ansiosa.

– É claro que não vou ligar para nada do que ele disser ou fizer. Como poderia? É terrível para um homem, principalmente um homem como Henry, ficar totalmente incapacitado. Deixe ele falar o que quiser.

– Que bom que você entende...

– Claro que entendo.

Shirley suspirou aliviada. Até essa manhã, mal tinha se dado conta da tensão em que estava vivendo.

Capítulo 9

I

Antes de viajar para o exterior de novo, sir Richard Wilding resolver dar uma passada em Bellbury.

Shirley leu sua carta no café da manhã, mostrando-a em seguida para Laura.

– Richard Wilding. É o explorador?

– Sim.

– Não sabia que era seu amigo.

– Pois é. Você vai gostar dele.

– Podemos convidá-lo para almoçar. Você o conhece bem?

– Por um tempo, achei que estivesse apaixonada por ele – confidenciou Shirley.

– Oh! – exclamou Laura, perplexa.

Ficou pensando...

Richard chegou um pouco antes do previsto. Shirley estava com Henry, e Laura foi recebê-lo, conduzindo-o ao jardim.

"*Este é o homem com quem Shirley deveria ter se casado*", pensou Laura imediatamente.

Gostou de sua tranquilidade, cordialidade, simpatia e do ar de autoridade que transmitia.

Se Shirley não tivesse conhecido Henry, com seu charme, sua instabilidade e a brutalidade disfarçada.

Richard perguntou, por educação, sobre o doente. Após o convencional momento de perguntas e respostas, ele disse:

– Encontrei-o apenas duas vezes. Não gostei dele.

Em seguida, perguntou bruscamente:

– Por que você não impediu que ela se casasse com ele?

– Como poderia impedir?

– Você poderia ter dado um jeito.

– Será? Não sei.

Nenhum dos dois estranhou a intimidade repentina da conversa.

Richard falou com seriedade:

– Devo confessar, caso você não tenha percebido ainda, que amo Shirley profundamente.

– Eu já imaginava.

– Não que isso seja bom. Ela jamais abandonará o marido nessas circunstâncias.

Laura perguntou secamente:

– E você esperaria que ela abandonasse?

– Não. Não seria Shirley se fizesse isso. – Em seguida, acrescentou: – Você acha que ela ainda gosta dele?

– Não sei. Naturalmente, morre de pena de Henry.

– E como ele está enfrentando este momento?

– Não está – respondeu Laura, de modo severo. – Ele não tem a menor resistência ou força. Acaba descontando nela.

– Maldito!

– Deveríamos ter pena dele.

– Eu tenho, de certa forma. Mas ele sempre a tratou muito mal. Todo mundo sabe. Você sabia?

– Ela nunca me contou, mas é claro que ouvi falar.

– Shirley é leal – disse Richard. – Totalmente leal.

– Sim.

Após um momento de silêncio, Laura disse, com um tom subitamente rígido:

– Você tem toda a razão. Eu devia ter impedido esse casamento. De alguma forma. Ela era tão jovem. Não havia tido tempo. Sim, cometi um terrível erro.

— Você tomará conta dela, não é? – perguntou ele, rispidamente.

— Shirley é a única pessoa do mundo com quem me importo.

— Veja, aí vem ela – disse ele.

Os dois olharam para Shirley, que atravessava o gramado vindo na direção deles.

Richard disse:

— Como ela está magra e pálida. Coitadinha da minha menina, minha menina valente...

II

Depois do almoço, Shirley foi passear com Richard pela beira do rio.

— Henry está dormindo. É bom porque posso sair um pouco.

— Ele sabe que estou aqui?

— Não contei.

— Você está sofrendo com isso?

— Estou. Bastante. Nada do que eu diga ou faça ajuda. Isso é que é terrível.

— Você achou ruim eu ter vindo?

— Não, se foi para se despedir.

— Tudo bem, podemos nos despedir. Você jamais deixará o Henry.

— Sim. Jamais o deixarei.

Ele parou e segurou as mãos dela.

— Só queria dizer uma coisa, querida. Se você precisar de mim, a qualquer momento, é só me chamar. Basta me dizer "venha", que eu venho de onde estiver.

— Você é um amor.

— Então, adeus, Shirley.

Ele pegou-a nos braços. O corpo dela, exaurido, retomou a vida. Ela beijou-o de modo frenético e desesperado.

– Eu te amo, Richard, te amo, te amo...

Em seguida, sussurrou:

– Adeus. Não, não venha comigo.

Desprendeu-se dele e voltou correndo para casa. Richard Wilding maldisse baixinho. Amaldiçoou Henry Glyn-Edwards e a doença chamada poliomielite.

III

O sr. Baldock estava de cama. Mais do que isso: havia duas enfermeiras cuidando dele, mesmo contra sua vontade.

As visitas de Laura eram o único momento agradável do dia.

A enfermeira que estava de serviço retirou-se diplomaticamente, e o sr. Baldock contou a Laura todos os defeitos da moça.

– Tão altiva! "Como estamos hoje de manhã?" Por que fala no plural, se estou só eu aqui? A outra é uma aberração simiesca, sempre sorridente.

– Que maldade, Baldy.

– As enfermeiras são insensíveis. Elas não se importam com você. Balançam o dedo, dizendo "Ai, ai, ai". Se eu pudesse, jogava óleo quente nelas.

– Não se agite tanto. É ruim para você.

– Como está Henry? Ainda dando show?

– Sim. Henry é realmente insuportável. Tento ter pena dele, mas não consigo.

– Mulheres! Coração de pedra! São sentimentais em relação a pássaros feridos e coisas do tipo, mas não estão nem aí quando o camarada está comendo o pão que o diabo amassou.

– Quem está comendo o pão que o diabo amassou é Shirley. Ele desconta tudo em cima ela.

– Claro. Ela é a única pessoa em quem ele pode descontar. Para que serve uma esposa se você não pode desabafar com ela em momentos de dificuldade?

– Tenho medo de que ela tenha uma estafa.

– Difícil – disse o sr. Baldock, com desdém. – Ela é forte, corajosa.

– Está vivendo em constante tensão.

– Imagino. Mas foi ela quem decidiu se casar com esse sujeito.

– Ela não sabia que ele ia ter poliomielite.

– Mesmo se soubesse, não teria deixado de se casar! Que história é essa que me contaram sobre um fanfarrão romântico que veio se despedir dela cheio de ternura?

– Baldy, como é que você consegue saber dessas coisas?

– Mantenho os ouvidos abertos. Para que serve uma enfermeira se não para revelar os escândalos da vizinhança?

– Era Richard Wilding, o famoso explorador.

– Ah, sim. Dizem que é um cara formidável. Fez um péssimo casamento antes da guerra, com uma prostituta de Piccadilly. Depois da guerra, teve que se livrar dela. Parece que foi muito criticado. Também, uma bobeira casar-se com esse tipo de mulher. Esses idealistas!

– Ele é uma boa pessoa.

– Gostou dele?

– É o homem com quem Shirley devia ter se casado.

– Ah, pensei que talvez você pudesse estar interessada nele. Pena.

– Nunca vou me casar.

– Sei – disse o sr. Baldock, rudemente.

IV

– A senhora precisa sair um pouco, sra. Glyn-Edwards – disse o jovem médico. – Descansar e mudar de ares.

– Impossível eu me afastar – retrucou Shirley, indignada.

– A senhora está bem fraca. Estou lhe prevenindo. – O dr. Graves falava de maneira grave. – Vai acabar tendo uma estafa séria se não se cuidar.

Shirley riu.

– Vou ficar bem.

O médico sacudiu a cabeça, em sinal de desaprovação.

– O sr. Glyn-Edwards é um paciente muito difícil – disse ele.

– Se pelo menos ele se resignasse um pouco... – lamentou Shirley.

– É verdade. Ele não se conforma.

– O senhor acha que faço mal a ele? Que o aborreço?

– A senhora é a válvula de escape dele. Deve ser difícil, mas a senhora está se saindo muito bem. Acredite em mim.

– Obrigada.

– Continue com as pílulas para dormir. É uma dose alta, mas ele precisa descansar à noite, uma vez que se desgasta tanto durante o dia. Convém não deixar as pílulas ao seu alcance.

Shirley empalideceu.

– Não acha que ele seja capaz de...

– Não, não, não – o médico interrompeu-a, rapidamente. – Posso dizer que ele, definitivamente, não é do tipo suicida. Sei que ele chega a dizer que quer, às vezes, mas isso é apenas histeria. Não, o perigo desse tipo de medicamento é acordar meio grogue, esquecer que você já tomou o remédio e tomar outro. Portanto, tenha cuidado.

– Claro.

Despediu-se do médico e voltou para perto do marido.

Henry estava em um de seus piores dias.

– Bem, o que disse o médico? Tudo correndo conforme o planejado. O paciente está apenas um *pouco* irritado, talvez. Não há razão para se preocupar com *isso*!

– Henry, será que você não consegue ser um pouquinho mais gentil de vez em quando? – disse Shirley, afundando numa cadeira.

– Gentil? Com você?

– Sim. Estou exausta. Você podia ser um pouco mais cuidadoso às vezes.

– *Você* não tem do que reclamar. Você me parece ótima do jeito que está.

– Então você acha que estou bem? – perguntou Shirley.

– O médico convenceu-a de tirar umas férias?

– Ele disse que eu deveria mudar de ares e descansar.

– E é o que você vai fazer, suponho! Passar uma bela semana em Bournemouth!

– Não.

– Por que não?

– Não quero deixá-lo.

– Não me importa se você vai ou não. De que adianta ter você aqui?

– É, parece que não adianta nada mesmo – falou Shirley, sem se alterar.

Henry virou a cabeça, agitado.

– Onde estão minhas pílulas de dormir? Você não me deu ontem à noite.

– Dei, sim.

— Não deu, não. Eu acordei e tive que pedir à enfermeira. Mas a enfermeira disse que eu já tinha tomado.

— Você tomou, só que esqueceu.

— Você vai à casa do vigário hoje à noite?

— Não, se você não quiser – disse Shirley.

— Melhor você ir! Caso contrário, todos vão dizer que sou um egoísta. Falei para a enfermeira que ela pode ir também.

— Vou ficar.

— Não precisa. Laura cuidará de mim. Engraçado... Nunca gostei muito dela, mas ela é muito delicada e forte com uma pessoa doente.

— Sim. Laura sempre foi assim. Ela sabe ajudá-lo. É melhor do que eu, que só sirvo para irritá-lo.

— Você é muito chata às vezes.

— Henry...

— Sim?

— Nada.

Quando entrou no quarto de novo antes de sair para o encontro no vicariato, Shirley pensou que Henry estava dormindo. Debruçou-se sobre ele, e seus olhos se encheram de lágrimas. Ao virar-se, ele puxou a manga da blusa dela.

— Shirley.

— Sim, querido.

— Shirley... não me odeie.

— Odiá-lo? Como eu poderia odiá-lo?

— Você está tão pálida, tão magra... – murmurou ele. – Cansei você. Não consegui ser de outra forma... não consegui. Sempre detestei qualquer tipo de doença ou dor. Na guerra, não me importava em morrer, mas nunca consegui entender como meus companheiros aguentavam continuar vivendo aleijados, desfigurados ou queimados.

— Entendo...

— Sou um grande egoísta, eu sei. Mas vou melhorar, melhorar na cabeça, digo, mesmo que nunca melhore fisicamente. Talvez sejamos capazes de superar tudo isto, se você for paciente. Só não me abandone.

— Jamais vou abandoná-lo. Jamais!

— Eu a amo, Shirley... amo de verdade... sempre amei. Nunca houve nenhuma outra a não ser você... e nunca haverá. Todos esses meses... você tem sido tão boa, tão paciente. Sei que tenho sido um crápula. Diga que me perdoa.

— Não há nada a perdoar. Eu te amo.

— Mesmo sendo inválido, um homem pode aproveitar a vida.

— Nós vamos aproveitar a vida.

— Não vejo como.

Ela disse, com um tremor na voz:

— Bem, para isso existe a culinária.

— E os vinhos – completou Henry, com um sorriso que lembrava o de antigamente.

— Você pode se dedicar à matemática.

— Prefiro palavras cruzadas. – Fez uma pausa e disse: — Amanhã voltarei a ser o mesmo canalha de sempre.

— Imagino que sim, mas não vou me importar.

— Onde estão minhas pílulas?

— Vou trazer.

Ele as engoliu de modo obediente.

— Coitada da Muriel – ele disse de repente.

— Por que você está falando nela agora?

— Estava lembrando a primeira vez que você foi lá. Estava com um vestido amarelo listrado. Deveria ter ido visitá-la com mais frequência, mas ela era tão chata. Sempre odiei pessoas chatas. Agora o chato sou eu.

— Não é, não.

Laura gritou lá de baixo:
– Shirley!
Shirley beijou o marido e desceu correndo, feliz e saltitante.
Laura disse que a enfermeira já tinha ido.
– Estou atrasada. Melhor correr.
Saiu às pressas e, lá de fora, virou a cabeça gritando:
– Já dei as pílulas ao Henry.
Mas Laura já havia entrado e estava fechando a porta.

Parte Três

Llewellyn – 1956

Capítulo 1

I

Llewellyn Knox abriu as persianas da janela do hotel e deixou o ar doce da noite entrar. Lá embaixo, as luzes da cidade brilhavam e, ao fundo, viam-se as luzes do porto.

Pela primeira vez em muitas semanas, Llewellyn sentia-se calmo e em paz. Aqui na ilha, talvez conseguisse parar e refletir sobre sua vida e o futuro, que parecia claro em termos gerais, mas confuso em alguns detalhes. Superara a agonia, o vazio e o cansaço. Em breve, muito breve, recomeçaria uma nova vida, uma vida mais simples, menos exigente, a vida de um homem comum – com apenas uma desvantagem: estava com quarenta anos.

Voltou para o quarto, mobiliado de forma austera, mas limpo, lavou o rosto e as mãos, tirou algumas coisas da mala e desceu dois lances de escada até o hall do hotel. Um atendente escrevia alguma coisa atrás do balcão. Ao ver Llewellyn, levantou os olhos, cumprimentou-o por educação e, sem maior interesse ou curiosidade, voltou a fazer o que estava fazendo.

Llewellyn passou pela porta giratória e saiu à rua. O tempo estava agradável, ligeiramente úmido.

Não tinha o langor exótico dos trópicos. O calor era na medida para relaxar a tensão. O ritmo acelerado da civilização havia ficado para trás. Era como se, na ilha, voltássemos para uma outra época, uma época em que as pessoas trabalhavam sem pressa ou estresse, porém ainda com propósito. Encontraria pobreza, dor e diversas aflições físicas ali, mas não teria os nervos à flor da pele, a correria desenfreada, preocupações com o amanhã, ou seja, os alicerces das grandes civilizações do mundo. O rosto sério das mulheres de negócios, o rosto inescrupuloso de mães ambiciosas em relação a seus filhos, o rosto cansado de executivos lutando para sobreviver e salvar os seus, o rosto ansioso da multidão em busca de um futuro melhor ou, quem sabe, um presente mais digno – não havia nada disso nas pessoas que passavam por ele. A maioria reparava nele com simpatia, reconhecendo um estrangeiro, e seguia sua vida. Andavam devagar. Talvez estivessem apenas tomando ar. Mesmo que estivessem se dirigindo para algum lugar, não havia urgência. O que não fosse feito hoje poderia ser feito amanhã. Os amigos que esperavam por sua chegada poderiam esperar um pouco mais, sem problemas.

Pessoas sérias e educadas, pensou Llewellyn, que raramente sorriam, não porque fossem tristes, mas porque para sorrir é preciso haver um motivo. O sorriso aqui não era usado como uma arma social.

Uma mulher com um bebê no colo veio em sua direção e lamuriou algo, de forma mecânica e apática. Ele não entendeu o que ela disse, mas reconheceu, pelo braço estendido e o tom melancólico das palavras, que a moça pedia esmola. Colocou uma pequena moeda na mão da pedinte, que agradeceu mecanicamente de novo e seguiu seu caminho. O bebê dormia e parecia bem alimentado. O próprio rosto da mãe, embora envelhecido, não era um rosto macilento. Provavelmente, pensou Llewellyn, não estava passando dificuldade. Pedir esmola era uma profissão, que ela desempenhava de maneira maquinal, educada e com bastante sucesso, por sinal, de modo a prover comida e abrigo para ela e o filho.

Llewellyn dobrou a esquina e desceu uma ladeira que levava ao porto. Duas meninas, caminhando juntas, passaram por ele, conversando e rindo. Mesmo sem olhar para trás, era óbvio que elas sabiam que estavam sendo seguidas por um grupo de quatros rapazes que caminhavam por perto.

Llewellyn riu. Essa devia ser a maneira de paquerar na ilha. As moças eram lindas, de uma beleza que provavelmente não duraria muito tempo. Em dez anos, talvez menos, ficariam parecidas com a senhora que se arrastava ladeira acima agarrada ao braço do marido, gorda e disforme, mas ainda bem-humorada e digna, apesar da desproporção física.

Llewellyn desceu pela rua estreita e saiu no porto, cheio de cafés com grandes terraços, onde as pessoas tomavam drinques coloridos em pequenos copos. Uma multidão passava em frente aos cafés. Olhavam para Llewellyn, viam que era um estrangeiro, mas não lhe davam muita atenção. Estavam acostumados com turistas. Os navios aportavam e os estrangeiros desciam, às vezes para passar algumas horas, às vezes para ficar – embora, de um modo geral, não por muito tempo, pois os hotéis eram medíocres e as instalações sanitárias deixavam a desejar. Os turistas, o povo parecia dizer com o olhar, não eram de sua conta, porque eram irrelevantes e não tinham nenhuma relação com a vida da ilha.

Sem sentir, Llewellyn diminuiu o passo. Até aquele momento, estava andando no ritmo de antes, de um homem indo para um lugar específico e ansioso para chegar o mais rápido possível.

Mas agora já não havia um lugar definido para ir. Isso era uma verdade tanto física quanto espiritual. Ele era apenas um homem imerso na multidão.

E com esse pensamento veio-lhe a consciência feliz de irmandade que ele vinha sentindo cada vez mais nos últimos meses, áridos meses. Era algo quase impossível de descrever – essa sensação de proximidade em relação a seus concidadãos, um sentimento de não ter propósito, meta, interesse próprio. Era uma consciência de amor e amizade incondicionais, sem objetivo de troca. Poderia se descrever essa sensação como um momento de amor com total compreensão, plenitude infinita, que, ao mesmo tempo, por sua própria natureza, não tinha como perdurar.

Quantas vezes, pensou Llewellyn, havia ouvido aquelas palavras: *"Tua bondade para nós e para toda a humanidade"*.

O próprio homem poderia ter esse sentimento, embora não fosse capaz de retê-lo por muito tempo.

E de repente Llewellyn viu que havia aqui uma compensação, uma promessa de futuro que ele não compreendera. Por mais de quinze anos vivera afastado justamente disto: do sentimento de irmandade. Havia sido um homem isolado, dedicado ao trabalho. Agora, porém, agora que a glória e a exaustão agonizante tinham acabado, ele podia novamente se sentir um homem entre seus semelhantes. Não precisava mais servir. Só viver.

Llewellyn sentou-se numa das mesas de um café. Escolheu uma mesa dos fundos, encostada à parede, de onde podia ver as outras mesas, as pessoas andando na rua e, mais ao longe, as luzes do porto e os navios ancorados.

O garçom que trouxe seu pedido perguntou em um tom gentil, quase cantado:

– O senhor é americano, não?

Sim, Llewellyn disse, ele era americano.

Um sorriso amável iluminou o rosto sério do garçom.

– Temos jornais americanos aqui. Vou trazê-los para o senhor.

Llewellyn quase disse que não precisava.

O garçom saiu e voltou orgulhoso, com duas revistas americanas.

– Obrigado.

– De nada, *señor*.

As revistas eram de dois anos antes, observou Llewellyn. Mas isso não o incomodou, pois o fato enfatizava o distanciamento entre a ilha e a civilização moderna. Ali, pelo menos, não seria reconhecido.

Fechou os olhos por um momento e recordou os diversos incidentes dos últimos meses.

"O senhor não é...? Achei que fosse..."

"Diga a verdade: o senhor é o dr. Knox?"

"O senhor é Llewellyn Knox, não é? Oh, gostaria de dizer como fiquei mal quando soube..."

"Sabia que era o senhor! Quais são seus planos, dr. Knox? Que doença terrível o senhor teve! Soube que está escrevendo um livro. É verdade? Tem alguma mensagem para nós?"

E assim por diante. Em navios, aeroportos, hotéis caros, hotéis baratos, restaurantes, trens... Sempre reconhecido, interrogado, recebendo a solidariedade das pessoas. O mais difícil eram as mulheres, com olhos de cães de caça e aquela característica capacidade de idolatrar que as mulheres têm.

E a imprensa, evidentemente. Pois até agora saíam notícias (graças a Deus, não por muito tempo). Tantas perguntas cruéis: Quais são seus planos? O senhor diria agora que...? Posso escrever que o senhor acredita...? O senhor pode nos dar alguma mensagem?

Uma mensagem, uma mensagem, sempre uma mensagem! Para os leitores de um determinado jornal, para o país, para homens e mulheres, para o mundo...

Ele não tinha mensagem alguma para dar. Tinha sido um mensageiro, o que era totalmente diferente. Mas isso ninguém entenderia.

Descanso: era disso que ele precisava. De descanso e de tempo. Tempo para avaliar-se e definir o que fazer. Tempo de refletir sobre si mesmo. Tempo de recomeçar, aos quarenta anos, e viver a própria vida. Precisava descobrir o que havia acontecido com ele, Llewellyn Knox, o homem, durante os quinze anos que trabalhara como mensageiro.

Tomando um gole do licor colorido e olhando as pessoas, as luzes e o porto, chegou à conclusão de que aquele era um bom lugar para descobrir tudo isso. Não queria a solidão do deserto. Queria estar perto de seres humanos. Não era do tipo recluso ou ascético por natureza. Não tinha vocação para a vida monástica. Só precisava descobrir o que e quem era Llewellyn Knox. Quando soubesse, poderia seguir em frente e recomeçar a vida de novo.

Tudo se resumia, talvez, às três perguntas de Kant:
O que sei?
O que posso esperar?
O que devo fazer?
Das três perguntas, ele só tinha resposta para uma, a segunda.

O garçom voltou e parou ao lado da mesa.
– Gostou das revistas? – perguntou com alegria?
Llewellyn sorriu.
– Sim.
– Não são muito novas.
– Não importa.
– É verdade. O que era bom um ano atrás continua sendo bom hoje em dia – disse com calma convicção. Depois perguntou: – O senhor veio de navio? O *Santa Margherita*? Aquele que está ali?

Llewellyn virou a cabeça na direção indicada.
– Sim.
– Sai amanhã de novo ao meio-dia, certo?
– Talvez. Não sei. Eu vou ficar.
– Ah, o senhor veio visitar? Aqui é bonito, como dizem os turistas. O senhor vai ficar até o próximo navio, até quinta?
– Talvez um pouco mais. Devo ficar um bom tempo aqui.
– Ah, o senhor trabalha aqui!
– Não, não trabalho.
– As pessoas geralmente não ficam muito tempo, a não ser que venham a trabalho. Dizem que os hotéis não são muito bons e que não há nada para fazer.
– Tenho certeza de que há tanto para fazer quanto em qualquer outro lugar.
– Para nós que moramos aqui, sim. Temos nossa vida e nosso trabalho. Mas para os estrangeiros, não, embora alguns deles morem aqui. O sir Wilding, por exemplo. É inglês. Tem uma enorme propriedade, herança do avô. Ele mora aqui agora. Escreve livros. É muito famoso e respeitado.
– Você está falando de sir Richard Wilding?
– Este mesmo – confirmou o garçom, assentindo com a cabeça. – Nós o conhecemos há muitos anos. Durante a guerra não pôde vir, mas veio depois. Ele também pinta. Há vários pintores aqui. Um francês, que mora em Santa Dolmea, e um inglês, que mora com a esposa no outro lado da ilha. São muito pobres, e os quadros dele são muito estranhos. Ela faz esculturas em pedra.

O garçom parou de falar e correu de repente para uma mesa no canto, reservada, conforme indicava a cadeira inclinada. Afastou a cadeira e cumprimentou a mulher que vinha ocupá-la.

Ela sorriu, agradecida, e sentou-se. Aparentemente, não pediu nada, mas o garçom retirou-se na hora. A moça apoiou os cotovelos na mesa e olhou em direção ao porto.

Llewellyn observou-a com certa surpresa.

Ela usava um xale bordado espanhol de flores sobre fundo esmeralda, como grande parte das mulheres da região, mas era, tinha quase certeza, americana ou inglesa. Destacava-se entre os outros ocupantes do café pelo cabelo loiro. A mesa que ocupava estava parcialmente coberta por buganvílias. Qualquer um que se sentasse ali teria a sensação de observar o mundo de dentro de uma caverna em meio à vegetação, além das luzes dos navios e os reflexos na água.

A jovem, pequenina, permanecia imóvel, em atitude de espera passiva. Logo em seguida, o garçom trouxe sua bebida. Ela sorriu e agradeceu sem palavras. Envolveu o copo com as mãos e ficou observando a paisagem, tomando um gole aqui e ali.

Llewellyn reparou nos anéis que ela usava, esmeralda em uma das mãos e diamante na outra. Sob o exótico xale, tinha um vestido simples de gola rulê preto.

Ela não olhava especificamente para ninguém à sua volta, e ninguém parecia lhe dar muita atenção. Era óbvio que era uma figura conhecida ali.

Llewellyn ficou se perguntando quem seria aquela moça. Chamou-lhe a atenção que uma jovem de sua classe estivesse ali sentada, sozinha, sem companhia. No entanto, parecia perfeitamente à vontade, desempenhando uma rotina conhecida. Talvez logo alguém viesse acompanhá-la.

Mas o tempo passou e ela continuou sozinha na mesa. De vez em quando fazia um pequeno gesto de cabeça, e o garçom lhe trazia outra bebida.

Quase uma hora depois, Llewellyn pediu a conta e preparou-se para ir embora. Ao passar perto dela, olhou para a jovem.

Ela parecia alheia a ele e ao ambiente ao seu redor. Olhava fixo pelo copo, para o mar, com o semblante impassível. Era como se estivesse distante.

Quando Llewellyn saiu do café e pegou a rua estreita que levava ao hotel, teve um impulso repentino de voltar, falar com ela e preveni-la. Por que essa palavra "prevenir" tinha passado por sua cabeça? Por que tinha a impressão de que ela corria perigo?

Sacudiu a cabeça. Não havia nada que ele pudesse fazer naquele momento, mas teve certeza de que tinha razão.

II

Duas semanas depois, Llewellyn Knox ainda estava na ilha. Seus dias viraram rotina: caminhava, descansava, caminhava mais um pouco, dormia. À noite, depois do jantar, descia ao porto e sentava-se em um dos cafés. Em pouco tempo, abandonou o hábito da leitura. Não tinha mais nada para ler.

Vivia sozinho agora, e sabia que assim devia ser. Mas não estava solitário. Encontrava-se em meio a seus semelhantes, numa espécie de comunhão, ainda que nunca falasse com ninguém. Não procurava nem evitava contato. Conversava com muitas pessoas, mas as conversas não passavam de cordialidades. Todos desejavam o bem uns dos outros, mas ninguém queria se intrometer na vida alheia.

No entanto, neste círculo de amizades distante e gratificante ao mesmo tempo, havia uma exceção. Llewellyn se perguntava o tempo todo sobre a moça que se sentava na mesa das buganvílias. Embora ele frequentasse vários estabelecimentos no porto, costumava voltar sempre ao primeiro que escolhera. Ali, em diversas ocasiões, viu a moça inglesa. Ela chegava sempre tarde da noite e sentava-se sempre na mesma mesa. Llewellyn descobriu que ela ficava lá até quase todos os clientes irem embora. Apesar de ser um mistério para ele, a jovem não parecia ser um mistério para ninguém.

Um dia, ele falou sobre ela com o garçom.

– A *señora* sentada ali no canto é inglesa?

– Sim.

– E ela mora na ilha?

– Mora.

– Não vem aqui toda noite?

O garçom disse, sério:

– Vem quando pode.

Uma resposta curiosa, que fez Llewellyn ficar pensando depois.

Não perguntou o nome dela. Se o garçom quisesse que ele soubesse, teria dito. "É a fulana de tal e ela mora em tal e tal lugar." Como não disse nada, Llewellyn deduziu que havia um motivo para que seu nome não fosse divulgado a um estranho.

Em vez do nome, perguntou:

– O que ela bebe?

– Conhaque – respondeu rapidamente o moço, retirando-se.

Llewellyn pagou a bebida e despediu-se. Passou pelas mesas e ficou parado na calçada antes de se misturar com a multidão de transeuntes noturnos.

De repente, deu meia-volta e voltou com a firme decisão de sua nacionalidade para a mesa das buganvílias.

– Importa-se – perguntou – que eu me sente para falar com a senhorita um instante?

Capítulo 2

I

O olhar dela voltou lentamente das luzes do porto para seu rosto. Por um momento, os olhos permaneceram arregalados e sem foco. Llewellyn percebeu o esforço que ela fazia para voltar de tão longe.

Percebeu também, com pena, que era muito jovem, não só em idade (devia ter uns 23, 24 anos), mas em termos de maturidade. Era como um botão de rosa impedido de crescer pela geada – ainda possuía uma aparência normal, mas não desabrocharia mais. Tampouco definharia. Ao longo do tempo, simplesmente cairia por terra, ainda em botão. Parecia uma criança perdida. Llewellyn reparou também em sua beleza. Ela era muito bonita. Os homens sempre a achariam bonita, desejariam ajudá-la, protegê-la, cuidar dela. A sorte estava a seu favor, como diriam alguns. E, todavia, ali se encontrava, sentada, com o olhar distante, imperscrutável, como se em algum ponto de sua vida feliz e despreocupada tivesse se perdido.

Os olhos dela, bem abertos agora, de um azul profundo, fitaram-no.

– Oh – exclamou, surpresa.

Ele esperou.

Ela sorriu.

– Por favor.

Ele puxou uma cadeira e se sentou.

– O senhor é americano? – perguntou ela.

– Sim.

– Veio no navio?

Os olhos dela voltaram-se um momento para o porto. Havia um navio ancorado no cais. Quase sempre havia um navio ali.

– Vim de navio, mas não naquele. Cheguei há umas duas semanas.

– A maioria das pessoas não fica tanto tempo – comentou ela.

Era uma afirmação, não uma pergunta.

Llewellyn chamou o garçom e pediu um Curaçao.

– Gostaria de tomar alguma coisa?

– Obrigada – ela disse. E acrescentou: – Ele sabe.

O moço assentiu com a cabeça e retirou-se.

Os dois ficaram em silêncio por um tempo.

– Imagino – disse ela, por fim – que o senhor se sinta só. Não existem muitos americanos ou ingleses por aqui.

Llewellyn reparou que ela estava tentando entender por que ele havia puxado assunto.

– Não – respondeu ele, sem titubear. – Não me sinto só. Aliás, até fico feliz de ficar sozinho.

– É bom ficar sozinho, não é?

O fervor de suas palavras o surpreendeu.

– É – concordou ele. – É por isso que vem aqui?

Ela assentiu com a cabeça.

– Para ficar sozinha. E agora eu vim atrapalhar.

– Não – garantiu ela. – O senhor não atrapalha. O senhor é um estranho, entende?

– Sim.

– Nem sei seu nome.

– Quer saber?

– Não. Prefiro que não me diga. Também não vou lhe dizer o meu.

Acrescentou, em tom de dúvida:

— Mas talvez já tenham lhe dito. Todo mundo aqui me conhece, claro.

— Não, ninguém me disse nada. As pessoas sabem, imagino, que não quer que digam.

— Eles entendem. São todos muito educados. Não educação ensinada. Educação de berço. Jamais imaginei, até vir para cá, que a cordialidade natural pudesse ser algo tão maravilhoso, tão *positivo*!

O garçom voltou com as bebidas. Llewellyn pagou e olhou para a taça que a jovem segurava com as duas mãos.

— Conhaque?

— Sim. Conhaque ajuda muito.

— Ajuda-a a sentir-se sozinha? É isso?

— Sim. Eu me sinto mais livre.

— E você não é livre?

— Alguém é livre?

Llewellyn parou para pensar. Ela não tinha falado aquelas palavras com amargura, como se costumam falar. Era uma pergunta simples e direta.

— *Todo homem carrega seu destino pendurado ao pescoço*, é isso que você sente?

— Não. Não é bem isso. Consigo entender quem se sente assim, que o destino foi traçado como o curso de um navio e que devemos seguir esse destino, que se não desviarmos da rota tudo correrá bem. Mas me sinto mais como um navio que, de repente, perdeu a rota. Quando vamos ver, estamos perdidos, sem saber onde estamos, vagando ao sabor das marés, sem liberdade, presos no emaranhado de situações que não compreendemos. — Disse de repente: — Mas que bobagem estou dizendo! Deve ser o conhaque.

Ele concordou.

— O conhaque ajuda, sem dúvida. E para onde está sendo arrastada?

– Oh, para *longe*... isso é tudo... para longe...
– Do que você realmente precisa se afastar?
– De nada. Absolutamente nada. Essa é a parte difícil. Sou uma dessas pessoas afortunadas que têm tudo. – Repetiu, melancolicamente: – Tudo... Isso não significa que nunca sofri, que nunca tive perdas, mas o ponto não é esse. Não estou fugindo do passado. Não me lamento em relação a ele, nem pretendo ressuscitá-lo. Minha intenção não é voltar para o passado, nem avançar para o futuro. Só quero ir embora para algum lugar. Fico aqui sentada tomando conhaque e de repente estou longe, além do porto, afastando-me cada vez mais, em direção a um lugar que não existe. Como os sonhos que temos na infância, em que voamos, sem peso, tão leve, flutuando...

O olhar voltava a perder o foco. Llewellyn a observava.

– Desculpe – disse ela, subitamente de volta.
– Não precisa voltar. Já estou indo. – Levantou-se. – Posso, de vez em quando, sentar aqui para conversar? Se não quiser, é só me falar. Eu vou entender.
– Não, vou gostar que venha. Boa noite. Vou ficar mais um pouco. Não é sempre que consigo me afastar.

II

Uma semana se passou até que eles conversaram de novo.

– Fico feliz que o senhor ainda não tenha ido embora – ela disse assim que ele se sentou. – Fiquei com medo de que já tivesse partido.
– Ainda não. Não é o momento ainda.
– Para onde vai quando for embora daqui?
– Não sei.

– Está aguardando instruções, é isso?
– Podemos dizer que sim.
Ela disse vagarosamente:
– Na última vez que conversamos, falamos só sobre mim. Não falamos nada a seu respeito. Por que veio para cá, para esta ilha? Tinha algum motivo?
– Talvez pelo mesmo motivo que você toma conhaque: para me afastar, no meu caso, das pessoas.
– Pessoas em geral ou algumas pessoas específicas?
– Não pessoas em geral. Pessoas que me conhecem ou me conheceram como eu era.
– Aconteceu alguma coisa?
– Sim, aconteceu.
Ela inclinou-se para a frente.
– O senhor é como eu? O que aconteceu o tirou da rota?
Ele fez que não com a cabeça, convicto.
– Não, de jeito nenhum. O que aconteceu comigo fez parte do padrão da minha vida. Teve um significado e uma intenção.
– Mas o que o senhor falou em relação às pessoas...
– Elas não entendem. Sentem pena de mim e querem me arrastar de volta... para uma coisa que já terminou.
– Não entendo... – disse ela, franzindo a testa.
– Eu tinha um trabalho – explicou ele, sorrindo. – Agora o perdi.
– Um trabalho importante?
– Não sei. – Não sabia. – Acho que sim. Mas nunca sabemos o que realmente é importante. Precisamos aprender a não confiar em nossos próprios valores. Os valores são sempre algo relativo.
– Então o senhor deixou o emprego?
– Não. – Sorriu de novo: – Fui demitido.

– Oh – exclamou ela, surpresa. – O senhor ficou mal?
– Sim, fiquei. Qualquer um teria ficado. Mas isso já passou.

Ela olhou para a taça vazia. Quando virou a cabeça, o garçom já estava do seu lado e substituiu a taça vazia por uma taça cheia.

Ela deu alguns goles.

– Posso lhe fazer uma pergunta?
– Pode.
– O senhor acha a felicidade muito importante?

Llewellyn refletiu por um momento.

– Pergunta difícil de responder. Se eu dissesse que a felicidade é de vital importância e ao mesmo tempo não tem valor algum, você diria que não regulo bem.
– Poderia explicar melhor?
– Como o sexo. É algo muito importante que ao mesmo tempo não tem valor nenhum. Você é casada?

Ele havia reparado na discreta aliança de ouro em sua mão.

– Já fui casada duas vezes.
– Você amava seu marido?

Ele perguntou no singular, e ela respondeu sem pestanejar:

– Amava-o mais do que qualquer coisa no mundo.
– Considerando sua vida com ele, quais são as primeiras coisas que lhe vêm à cabeça, aqueles momentos que não consegue esquecer? A primeira vez que dormiram juntos ou algum outro momento?

Ela começou a rir de repente, com uma súbita alegria.

– O chapéu dele – respondeu.
– O chapéu?
–Sim. Na nossa lua de mel. O chapéu dele voou e ele comprou um típico daqui, de palha, ridículo. Eu falei que ficaria melhor em mim, e então trocamos nossos chapéus.

Olhamos um para o outro e caímos na gargalhada. Todos os turistas deviam estar trocando de chapéu, ele disse, e depois disse: "Nossa, como eu te amo!". – Sua voz ficou embargada. – Jamais vou esquecer.

– Está vendo? – disse Llewellyn. – Esses são os momentos mágicos, os momentos de entrosamento, de carinho eterno, não os momentos de sexo. Mas, por outro lado, se o sexo não der certo, o casamento vai por água abaixo. A comida também é assim. Sem ela não dá para viver, mas quando estamos alimentados não nos preocupamos muito com ela. A felicidade é um dos alimentos da vida, promove o crescimento, é uma grande professora, mas não é o propósito da vida e não nos traz plenitude.

Perguntou em seguida, com delicadeza:

– É a felicidade o que você deseja?

– Não sei. Deveria ser feliz. Tenho tudo para ser feliz.

– Mas quer algo mais?

– *Menos* – emendou ela. – Quero *menos* da vida. É tudo demais.

Acrescentou, inesperadamente:

– Tudo *pesado* demais.

Ficaram em silêncio por um tempo.

– Se eu soubesse – continuou ela –, se pelo menos eu soubesse o que quero, em vez de ser tão negativa e tola.

– Mas você sabe o que quer. Você quer fugir. Por que não foge?

– Fugir?

– Sim. O que a impede? Dinheiro?

– Não, não é dinheiro. Eu tenho dinheiro. Não muito, mas o suficiente.

– O que é então?

– Tantas coisas! O senhor não entenderia. – Os lábios dela torceram-se num sorriso triste. – É como as três irmãs de Tchekov, sempre se lastimando sobre Moscou. Elas nunca vão, e nunca irão, embora pudessem simplesmente ir à estação e pegar um trem. Assim como eu poderia comprar uma passagem e partir naquele navio que sai hoje à noite.

– E por que você não faz isso?

Ele a observava.

– O senhor acha que sabe a resposta – ela disse.

Ele fez que não com a cabeça.

– Não, eu não sei a resposta. Estou tentando ajudá-la a descobrir.

– Talvez eu seja como as três irmãs de Tchekov. Talvez eu não queira ir de verdade.

– Talvez.

– Talvez fugir seja apenas uma ideia com a qual gosto de brincar.

– Possivelmente. Todos nós temos fantasias que nos ajudam a suportar a vida que levamos.

– E fugir é a minha fantasia?

– Não sei. Quem sabe é *você*.

– Eu não sei de nada. Nada mesmo. Tive todas as chances e fracassei. E aí, quando fracassamos, precisamos arcar com as consequências, não?

– Não sei.

– O senhor vai ficar repetindo "não sei" o tempo todo?

– Desculpe, mas é verdade. Você está me pedindo para chegar a uma conclusão sobre um assunto que desconheço.

– Eu estava falando de princípios gerais.

– Não existe essa história de princípio geral.

– O senhor está dizendo que não existe um certo ou errado absoluto? – perguntou ela, olhando fixo para ele.

– Não, não quis dizer isso. Evidentemente, existe um certo e um errado absoluto, mas é algo tão acima de nosso conhecimento e compreensão que só temos uma vaga ideia a respeito.

– Mas nós sabemos o que é certo, não?

– Sabemos pelo que nos foi ensinado, segundo os cânones da época. Ou, indo mais longe, podemos sentir o que é certo pelo conhecimento instintivo. Mas até isso é precário. Algumas pessoas foram queimadas vivas, não por sádicos ou selvagens, mas por homens dotados de princípios morais, que acreditavam estar fazendo a coisa certa. Basta ler casos jurídicos da Grécia antiga, como o caso de um sujeito que se recusou a torturar os escravos para que eles dissessem a verdade, como era costume na época. Foi considerado como obstrutor da justiça. Outro exemplo é o de um sacerdote americano, muito devoto, que matou a pauladas o filho de três anos, a quem amava, porque a criança se recusou a fazer suas orações.

– Que horror!

– Sim, porque o tempo mudou nossa cabeça.

– Então, o que podemos fazer?

O belo rosto perplexo da moça inclinou-se em direção a ele.

– Seguir os próprios princípios, com humildade e esperança.

– Seguir os próprios princípios. Entendo. Mas meus princípios são errados, de certa maneira – disse ela, rindo. – Como se tivesse perdido um ponto do bordado e continuado mesmo assim.

– Não entendo de bordado. Nunca fiz tricô – ele disse.

– Por que não me deu sua opinião agora?

– Teria sido só uma opinião.

– E então?

– E então poderia influenciá-la... Vejo que você é uma pessoa facilmente influenciável.

Ela ficou séria de novo.

– Sim. Talvez isto tenha sido um erro.

Ele esperou um momento e depois perguntou, como quem não quer nada:

– Que erro?

– Nada. – Ela olhou para ele com desespero. – Nada. Tenho tudo o que uma mulher poderia querer.

– Você está generalizando de novo. Você não é uma mulher qualquer. Você é única. Você tem tudo o que *você* deseja?

– Sim, sim, *sim*! Amor, carinho, dinheiro, luxo, uma casa linda, companhia... tudo. Tudo o que eu escolheria para mim. Não, sou *eu*. O problema está em *mim*.

Olhou para ele com ar desafiador. Por estranho que pareça, ela ficou aliviada quando ele disse, num tom casual:

– Sim, existe alguma coisa errada com você, sim. Isto é óbvio.

III

Ela afastou um pouco a taça de conhaque.

– Posso falar sobre mim? – perguntou.

– Se quiser.

– Porque, dessa forma, talvez eu consiga enxergar onde tudo deu errado. Talvez ajude.

– Sim, pode ajudar.

– Minha vida sempre foi boa e comum. Tive uma infância feliz, numa casa bonita. Fui à escola e fiz o que todo mundo faz. Ninguém jamais foi rude comigo. Possivelmente teria sido melhor para mim se tivessem sido. Talvez eu fosse uma criança mimada... mas acho que não foi o caso. Depois da escola, eu jogava tênis, dançava, encontrava os meninos e me perguntava que profissão deveria seguir... aquilo tudo de sempre.

– Sei.

– Aí, me apaixonei e me casei. – Sua voz mudou de tom.

– E viveu feliz...

– Não – disse, pensativa. – Eu o amava, mas me sentia infeliz com frequência. – Acrescentou: – Foi por isso que lhe perguntei se a felicidade era realmente importante.

Ela fez uma pausa e continuou:

– É muito difícil explicar. Eu não era muito feliz, mas, por incrível que pareça, estava tudo bem... era o que eu havia escolhido, o que eu queria. Não entrei nessa história de olhos fechados. É claro que o idealizava... isso é comum. Mas me lembro agora de acordar um dia de manhã bem cedo, por volta das cinco da manhã... a hora da verdade, não acha? E eu soube nesse momento, eu *vi*, como seria meu futuro. Vi que não seria realmente feliz, que ele era egoísta, grosseiro, mas também uma pessoa alegre e carismática. E vi que o amava, não amaria mais ninguém, e que preferia ser infeliz casada com ele a ter conforto e orgulho sem ele. E cheguei à conclusão de que poderia, com um pouco de sorte, e se não fosse tola, fazer meu casamento dar certo. Aceitei o fato de que o amava mais do que ele a mim e que jamais poderia lhe pedir que ele me desse mais do que ele já estava me dando.

Parou por um momento e prosseguiu:

– É claro que eu não sabia de tudo isso assim tão claramente. Estou descrevendo agora o que no momento era apenas uma sensação. Mas era *real*. Voltei a acreditar que ele era bom, inventando todo tipo de maravilha a seu respeito. Mas tive meu momento de revelação, aquele momento em que você vê o futuro na sua frente e não tem como voltar atrás, nem seguir em frente. Pensei realmente, naquela hora fria da manhã em que encaramos a realidade nua e crua, em voltar atrás. Mas segui em frente.

– E se arrepende? – perguntou Llewellyn, com cuidado.

– Não, de jeito nenhum! – exclamou, convicta. – Nunca me arrependi. Tudo que vivi valeu cada minuto! Só há uma coisa triste: ele morreu.

O ar sombrio tinha desaparecido de seus olhos. A mulher que se debruçava sobre a mesa já não era uma mulher fugindo da vida num mundo de fantasias. Era uma mulher viva.

– Ele morreu cedo demais – disse ela. – Como é que Macbeth fala? "Ela deveria ter morrido na eternidade." Foi o que senti em relação a ele. Ele deveria ter morrido na eternidade.

Llewellyn sacudiu a cabeça.

– Todos nós sentimos isso quando alguém morre.

– Sentimos? Não sabia. Sei que ele estava doente, que seria um inválido pelo resto da vida. Sei que ele odiava sua vida e descontava sua raiva em todo mundo, principalmente em mim. Mas ele não *queria* morrer. Apesar de tudo, ele não queria morrer. Por isso não me conformo. Ele tinha sede de viver. Mesmo metade da vida, um quarto da vida, ele teria aproveitado. – Levantou os braços. – *Odeio* Deus por ter levado meu marido.

Nesse momento, ela se calou e olhou para Llewellyn, com ar de dúvida.

– Não deveria ter falado isso, que odeio Deus.

Llewellyn disse calmamente:

– É muito melhor odiar Deus do que odiar seus semelhantes. Não temos como machucar Deus.

– Não. Mas Ele tem como nos machucar.
– Não, minha cara. Nós é que machucamos uns aos outros, e machucamos a nós mesmos.
– E fazemos de Deus nosso bode expiatório?
– É o que Ele sempre foi. Ele carrega nosso fardo. O fardo de nossas revoltas, de nossos ódios e de nosso amor.

Capítulo 3

I

Llewellyn adquirira o hábito de fazer longas caminhadas à tarde. Começava na cidade, por uma estrada sinuosa que subia até que a cidade e a baía ficavam lá embaixo, uma paisagem curiosamente irreal na quietude da tarde. Era a hora da sesta, e por isso não se viam os pontos coloridos movendo-se na zona portuária ou nas ruas e estradas. No alto da colina, os únicos seres humanos que Llewellyn encontrava eram os pastores de cabras, que perambulavam cantando à luz do sol ou inventavam brincadeiras com pedrinhas no chão. Os meninos cumprimentavam Llewellyn seriamente, sem grande curiosidade. Estavam acostumados com estrangeiros fazendo trilhas por ali, suados, com a camisa aberta. Os estrangeiros eram, geralmente, escritores ou pintores. Embora não fossem muitos, ao menos não eram novidade. Como Llewellyn não carregava cavaletes, pincéis e cadernos de desenho, os meninos concluíram que ele era escritor. Desejavam-lhe boa tarde.

Llewellyn respondia ao cumprimento e seguia seu caminho.

Não tinha um plano específico no passeio. Observava a paisagem, que não tinha nenhum significado especial para ele. O significado estava dentro dele, ainda obscuro e vago, mas aos poucos ia tomando forma e conteúdo.

Um atalho levou-o a uma plantação de bananas. Ao adentrar a plantação, ficou impressionado de constatar que havia perdido totalmente a noção de sentido. Não tinha ideia da extensão do bananal e onde sairia. Podia ser um caminho curto ou uma estrada de quilômetros. Para descobrir, teria que seguir em frente e ver aonde aquilo ia dar. O ponto de chegada já existia. Ele é que o desconhecia. Restava-lhe continuar caminhando, movido pela força de vontade e propósito. Podia voltar ou seguir adiante. Tinha a liberdade da própria integridade. Caminhava com esperança...

De repente, emergiu da quietude verde do bananal para um descampado. Um pouco abaixo, de um lado do caminho em zigue-zague que descia o morro, viu um homem pintando em um cavalete.

Estava de costas para Llewellyn, que conseguiu ver apenas os ombros fortes dentro de uma camisa amarela fina e um chapéu de feltro surrado enfiado na cabeça.

Llewellyn desceu o atalho. Ao se aproximar, desacelerou o passo, olhando com aberto interesse para a pintura. Afinal, se um pintor se dispunha a pintar em um lugar onde evidentemente circulavam pessoas, era óbvio que não se importaria que olhassem sua obra.

Era uma pintura vigorosa, com grossas pinceladas de tinta, cujo intuito era causar um impacto geral, não chamar atenção para os detalhes. Uma obra de mestre, embora sem grande significado.

O pintor virou a cabeça de lado e sorriu.

– Não é meu ganha-pão – disse, de maneira alegre.
– É só um hobby.

Era um homem de quarenta e poucos anos, de cabelos pretos com alguns fios grisalhos. Era bonito, mas o que mais chamava a atenção nele era o charme e o magnetismo de sua personalidade. Ele irradiava calor humano e uma espécie de vitalidade que o tornavam uma pessoa difícil de esquecer, mesmo que fosse vista somente uma vez.

– É incrível – disse o pintor, pensativo – o prazer que dá espalhar tintas coloridas numa palheta e depois jogá-las todas numa tela! Às vezes sabemos o que estamos tentando fazer, às vezes não, mas o prazer é sempre o mesmo. – Olhou rapidamente para seu interlocutor. – Você é pintor?

– Não. Estou só passando uns tempos aqui.

– Sei. – O pintor jogou uma rosa inesperadamente sobre o azul do mar. – Engraçado – disse. – Ficou bom. Imaginei. Inexplicável!

Largou o pincel na palheta, suspirou, tirou o chapéu velho da cabeça e virou-se para ter uma visão melhor do visitante. Apertou os olhos, com repentino interesse.

– Desculpe-me – disse –, mas você não é o dr. Llewellyn Knox?

II

Houve um recuo momentâneo não traduzido em movimento físico, antes de Llewellyn responder, sem se alterar:

– Pois é.

Pouco depois, testemunhou a perspicácia do outro homem.

– Que estupidez a minha – disse. – Você teve uma estafa, não teve? E deve ter vindo para cá para ter um pouco de sossego. Não precisa se preocupar. Os americanos raramente vêm para esta ilha, os habitantes locais só se interessam pelos próprios primos e pelos primos de seus primos, em questões de batizado, enterro e casamento, e eu não conto. Eu moro aqui.

Lançou um rápido olhar ao outro.

– Isso o surpreende?

– Sim.

— Por quê?

— Só morar. Não achei que alguém pudesse se contentar com isso.

— Tem razão. Não vim para cá originalmente para morar. Herdei uma grande propriedade aqui de um tio-avô. Estava em péssimas condições quando a recebi, mas aos poucos está começando a ficar bonito. Interessante. – Acrescentou: – Meu nome é Richard Wilding.

Llewellyn o conhecia de nome. Explorador, escritor, um homem de interesses variados e grande conhecimento em muitas esferas, como arqueologia, antropologia e entomologia. Ouvira dizer que não havia assunto que sir Richard Wilding desconhecesse, embora jamais tivesse pretendido ser um profissional em nenhuma dessas áreas. A modéstia era também uma de suas virtudes.

— Ouvi falar de você, claro – disse Llewellyn. – Aliás, gostei muito de vários livros seus.

— E eu, dr. Knox, já fui a suas palestras. A uma, na verdade. No Olympia, há um ano e meio.

Llewellyn olhou para ele, surpreso.

— Parece surpreso – comentou Wilding, sorrindo com curiosidade.

— Realmente estou. Por que você foi a uma palestra minha?

— Para ser sincero, fui para poder falar mal.

— Não me admira.

— Isso não parece incomodá-lo.

— E por que me incomodaria?

— Bem, você é humano e suponho que acredite em sua missão.

Llewellyn sorriu.

— Sim, é verdade.

Wilding ficou em silêncio por um momento. Depois disse, animado:

– Sabe, é muito interessante encontrá-lo desta forma. Depois que fui à sua palestra, a coisa que mais desejava era conhecê-lo pessoalmente.

– Não imagino que fosse tão difícil me conhecer.

– Em certo sentido, não. Você não teria escolha. Mas eu queria encontrá-lo em outras circunstâncias... num contexto, por exemplo, em que pudesse me mandar para o inferno, se quisesse.

Llewellyn sorriu de novo.

– Bem, estamos nesse contexto agora. Já não tenho nenhuma obrigação.

Wilding fitou-o.

– Você está se referindo à saúde ou a um ponto de vista?

– Diria que é uma questão de função.

– Hmm... – fez este, sem entender.

O outro não respondeu.

Wilding começou a guardar o material de pintura.

– Gostaria de lhe contar como fui parar no Olympia. Vou ser sincero, porque você não me parece um homem que se ofenda com a verdade, se o intuito de dizê-la não for gratuitamente ofensivo. Não gostei de sua palestra. Odeio a ideia de religião em massa transmitida por alto-falantes. É algo que me ofende sobremaneira.

Wilding notou, pelo rosto de Llewellyn, que ele estava se divertindo.

– Isso lhe parece muito britânico e ridículo?

– Não. Eu aceito seu ponto de vista.

– Fui lá, como lhe disse, para poder criticar. Esperava ser ultrajado em minha sensibilidade.

– E ficou para a bênção? – perguntou Llewellyn, num tom mais jocoso do que sério.

– Não. Minha visão sobre o assunto é a mesma. Não gosto de ver Deus sendo colocado num contexto comercial.

– Mesmo que seja por pessoas do comércio numa era comercial? Não levamos sempre a Deus os frutos da estação?

– Este é um bom ponto. O que me espantou foi algo que eu não esperava: sua honestidade.

Llewellyn olhou para Wilding em franca perplexidade.

– Achei que isso fosse óbvio.

– Agora que o conheço, vejo que sim. Mas você podia ser um trapaceiro. Se existem trapaceiros na política, por que não haveria na religião? Certamente, você tem o dom da oratória, e imagino que isso possa lhe render um bom lucro, se você se dedicar a isso ou contratar alguém para trabalhar no seu lugar.

Não era totalmente uma pergunta.

Llewellyn disse sobriamente:

– Sim, fui lançado com grande pompa.

– Sem medir gastos?

– Sem medir gastos.

– Isso é o que me intriga. Como você conseguiu aguentar? Digo isto após ouvi-lo.

Wilding pendurou o material de pintura nos ombros.

– Venha jantar comigo uma noite dessas. Será um prazer conversar com você. Minha casa é aquela ali, a branca com venezianas verdes. Mas fique à vontade se não quiser. Não precisa se desculpar.

Llewellyn pensou um pouco antes de responder.

– Eu gostaria muito.

– Ótimo. Hoje à noite?

– Combinado. Obrigado.

— Às nove, sem falta.

Wilding foi para casa. Llewellyn ficou um tempo parado olhando para ele e depois tomou seu caminho.

III

— O senhor vai para a casa do *señor* Wilding?

O cocheiro da charrete velha estava realmente interessado. A carruagem caindo aos pedaços era adornada com flores pintadas, e em volta do cavalo havia um colar de contas azuis. O cavalo, a charrete e o cocheiro compunham um todo alegre e sereno.

— Uma pessoa muito boa, o *señor* Wilding – disse o cocheiro. – Não é mais um estrangeiro. Já é um de nós. Don Estobal, proprietário da casa e do terreno, era muito velho. Deixava-se enganar. Passava o dia inteiro lendo livros, e sempre chegavam livros para ele. Na casa, há alguns quartos cheios de livros até o teto. É incrível um homem gostar tanto de livros! Um dia ele morreu, e todos se perguntaram se a casa seria vendida. Foi quando chegou sir Wilding. Ele tinha estado aqui na infância, pois a irmã de don Estobal era casada com um inglês, e os filhos e netos vinham passar as férias aqui. Depois da morte de don Estobal, porém, a propriedade ficou para sir Wilding, que veio aqui tomar posse e colocar tudo em ordem. Deve ter desembolsado um bom dinheiro. Aí, estourou a guerra, e ele desapareceu por muitos anos, mas avisou que se não morresse, voltaria. Promessa cumprida. Ele voltou há dois anos com sua nova esposa e passou a morar fixo aqui.

— Ele se casou duas vezes?

— Sim. – O cocheiro baixou a voz, para falar em tom confidencial. – Sua primeira esposa era uma mulher má. Linda, mas o traía com outros homens. Pois é. Até mesmo aqui na ilha. Ele nunca deveria ter se casado com ela. Mas nessa área de relacionamento ele não é muito safo. Acredita demais nas mulheres.

Acrescentou, quase que se justificando:

– Um homem deve saber em quem confiar, mas sir Wilding não sabe. Não entende de mulheres, e acho que nunca entenderá.

Capítulo 4

O anfitrião recebeu Llewellyn numa sala longa e baixa, cheia de livros até o teto. As janelas estavam abertas de par em par, e, de longe, ouvia-se o murmúrio suave do mar. As bebidas foram colocadas sobre uma mesinha baixa perto da janela.

Wilding cumprimentou o convidado com evidente prazer e desculpou-se pela ausência da esposa.

– Ela sofre de enxaqueca – explicou. – Eu esperava que com a paz e tranquilidade da vida aqui ela melhorasse, mas o quadro não mudou muito. E os médicos, aparentemente, não têm uma resposta satisfatória para isso.

Llewellyn expressou seu pesar, de maneira educada.

– Ela passou por muitos problemas – contou Wilding. – Mais do que qualquer mulher merece suportar. E ela era tão jovem... ainda é.

Lendo o rosto de Wilding, Llewellyn disse:

– Você a ama muito.

– Muito – concordou Wilding, com um suspiro. – Talvez até demais.

– E ela?

– Nenhum amor do mundo é capaz de compensar tudo o que ela sofreu – disse com veemência.

Entre os dois homens já havia um curioso senso de intimidade que existia, aliás, desde o momento em que eles se encontraram pela primeira vez. Era como se o fato de nenhum deles ter nada em comum com o outro – nacionalidade, educação, estilo de vida, crenças – facilitasse a aceitação, sem as usuais barreiras da reticência ou do convencionalismo. Eram como dois homens abandonados numa ilha deserta ou flutuando numa jangada por tempo indefinido. Podiam falar abertamente, quase que com a simplicidade das crianças.

Em seguida, foram jantar. A comida estava excelente, muito bem servida, de maneira simples. Tinha vinho, mas Llewellyn não aceitou.

– Se preferir uísque...

O outro fez que não com a cabeça.

– Obrigado. Água está bom.

– Desculpe-me perguntar, mas é por questão de princípio?

– Não. Na verdade, é uma maneira de viver que, a propósito, não preciso mais seguir. Não há razão agora para eu não tomar vinho. É só que não estou acostumado.

Quando Llewellyn pronunciou a palavra "agora", Wilding levantou a cabeça, demonstrando interesse. Chegou a abrir a boca para falar, mas se controlou e mudou de assunto. Era um bom conversador, com conhecimento de uma ampla gama de assunto. Além de ter viajado muito, e para os lugares mais remotos do planeta, possuía o dom de relatar tudo o que tinha visto e vivido com muita veracidade.

Se você quisesse ir para o deserto de Gobi, Fezã ou Samarcanda, ao conversar com Richard Wilding era como se você estivesse fazendo a viagem.

E as conversas não tinham o tom de aula ou palestra. Eram naturais.

Além do prazer de escutar Wilding falar, Llewellyn estava cada vez mais interessado na personalidade do homem em si. Seu carisma e magnetismo eram inegáveis, e pareciam totalmente espontâneos. Wilding não fazia força para agradar. Era algo natural nele. Um homem de diversas facetas, também, arguto, intelectual sem arrogância, interessado em ideias, pessoas e lugares. Poderia ter se especializado no assunto que escolhesse, mas talvez esse fosse seu segredo: ele nunca escolheu e jamais escolheria. Isso o tornava humano, cativante e acessível.

Mesmo assim, Llewellyn se sentia incapaz de responder a uma pergunta bastante simples, como as perguntas que as crianças fazem: "Por que gosto tanto desse homem?".

A resposta não estava nos dons de Wilding. Era algo no homem em si.

De repente, Llewellyn entendeu. Era porque, apesar de todos os dons, Wilding era um homem falível, passível de erros. Possuía o tipo de natureza emocional que invariavelmente encontra rejeição por conta da incapacidade de fazer julgamentos.

Não avaliava as pessoas e as coisas com clareza, lógica ou frieza. Era impulsivo e acreditava nos seres humanos, o que fatalmente acabaria em desastre, porque baseava-se na bondade e não em fatos. Sim, era um homem falível e, justamente por isso, adorável. Um tipo de pessoa que Llewellyn odiaria magoar.

Voltaram para a biblioteca e sentaram-se em duas grandes poltronas. Uma lareira tinha sido acesa, mais para dar a sensação de aconchego do que por necessidade. Do lado de fora, ouvia-se o murmúrio de mar, e o aroma de flores noturnas penetrava o ambiente.

– Sou muito interessado nas pessoas – disse Wilding, com seu jeito cativante. – Sempre fui. Interessado no que as motiva, por assim dizer. Parece algo muito frio e analítico?

– Não vindo de você. Quer saber sobre seus semelhantes porque se importa com eles.

— Sim, é verdade. — Fez uma pausa. Depois disse: — Ajudar outro ser humano me parece a coisa mais valiosa do mundo.

— Quando conseguimos — complementou Llewellyn.

Wilding olhou para ele um tanto espantado.

— É uma postura bastante cética.

— Não, é apenas a constatação da enorme dificuldade do que você propõe.

— Será tão difícil assim? Os seres humanos querem ser ajudados.

— Sim, todos nós tendemos a acreditar que, de alguma maneira mágica, os outros podem conquistar para nós o que não conseguimos, ou não queremos, conquistar.

— Solidariedade e crença — disse Wilding, seriamente. — Acreditar no melhor das pessoas as ajuda a manifestar o melhor de si mesmas. As pessoas respondem à nossa fé. Já vi isso acontecer várias vezes.

— Por quanto tempo?

Wilding fez uma expressão de desagrado, como se tivessem tocado em um ponto que lhe doía.

— Podemos guiar a mão de uma criança em um papel, mas, de qualquer maneira, ela terá que aprender a escrever sozinha. Nossa ação, aliás, pode até atrasar o processo.

— Você está tentando destruir minha crença na natureza humana?

— Acho que estou pedindo para você ter pena da natureza humana — respondeu Llewellyn, sorrindo.

— Incentivar as pessoas a darem o melhor de si...

— É o mesmo que obrigá-las a viver numa altitude muito elevada. Ser o que alguém espera que você seja pode gerar uma tensão muito grande e acabar em estafa.

– Devemos, então, esperar o pior das pessoas? – perguntou Wilding, em tom satírico.

– Devemos reconhecer essa probabilidade.

– E você se diz um homem religioso.

Llewellyn sorriu.

– Cristo disse a Pedro que, antes de o galo cantar, ele O negaria três vezes. Ele conhecia a fraqueza de caráter de Pedro melhor do que o próprio Pedro, e amava-o mesmo assim.

– Não – disse Wilding, com vigor. – Discordo de você. No meu primeiro casamento... – Fez uma pausa e continuou: – Minha mulher... poderia ter sido... uma pessoa de bom caráter. Acabou se metendo em um ambiente ruim. Tudo o que ela precisava era de amor, confiança e fé. Se não fosse pela guerra... – Parou. – Bem, foi uma das menores tragédias da guerra. Eu estava fora, ela estava sozinha, exposta a influências negativas.

Parou novamente antes de dizer de maneira abrupta:

– Não a culpo. Faço concessões. Ela foi vítima das circunstâncias. Fiquei arrasado na época. Achei que jamais seria o mesmo homem de novo. Mas o tempo cura...

Fez um gesto.

– Por que estou lhe contando a história da minha vida eu não sei. Preferiria ouvir a sua. Você é algo totalmente novo para mim. Adoraria que me contasse sua história. Fiquei impressionado naquela palestra. Muito impressionado. Não porque você tenha conseguido dominar o público. Isso eu entendo. Hitler também conseguiu, assim como Lloyd George. Os políticos, líderes religiosos e atores também conseguem, em maior ou menor grau. É um dom. Não fiquei interessado no *efeito* que você causou. Fiquei interessado em sua história. Por que aquilo era tão importante para você?

Llewellyn sacudiu a cabeça, lentamente.

– Você está me perguntando uma coisa que nem eu sei responder.

– Com certeza, uma forte convicção religiosa. – Wilding falou com certo constrangimento, o que divertiu o outro.

– Você está se referindo a fé em Deus? É um modo de dizer, mas não responde à sua pergunta. A fé em Deus pode me fazer ajoelhar em um quarto isolado, mas não explica o que você está me pedindo para explicar. Por que a plataforma pública?

Wilding disse em tom de dúvida:

– Imagino que você acreditasse que, dessa forma, poderia alcançar mais gente, fazer o bem a mais pessoas.

Llewellyn olhou-o de maneira especulativa.

– Do jeito que está falando você está me levando a concluir que é ateu.

– Não sei. Simplesmente não sei. De certa forma, acredito. Quero acreditar. Certamente acredito nas virtudes positivas: bondade, solidariedade com quem está caído, sinceridade, perdão.

Llewellyn olhou para Wilding por um instante.

– A boa vida – disse. – O bom homem. Sim, isso é muito mais fácil do que tentar reconhecer Deus, tarefa árdua e assustadora. Porém, o mais assustador é esperar que Ele o reconheça.

– Assustador?

– Jó ficou assustado. – Llewellyn sorriu de repente. – Coitado, não tinha a mínima ideia do que estava acontecendo. Em um mundo de regras e regulamentos, recompensas e castigos, dados pelo Todo-Poderoso estritamente de acordo com nossos méritos, Jó foi escolhido. (Por quê? Não sabemos. Possuiria ele alguma qualidade superior à sua geração? Algum poder de percepção herdado?) De qualquer maneira, os outros podiam continuar sendo recompensados ou punidos, mas Jó teve que entrar em uma nova dimensão. Depois de uma vida meritória, ele *não* foi recompensado com rebanhos. Ao contrário, teve que enfrentar um sofrimento insuportável, perder a fé e ver seus amigos se afastarem. Ele não teve saída. E aí, quando já estava pronto para o estrelato, como dizemos em Hollywood, pôde ouvir a voz de Deus. E tudo para quê? Para que ele começasse a reconhecer que Deus era de verdade. "Aquietai-vos e sabei que eu sou Deus." Uma experiência apavorante. O ponto mais alto que um homem já alcançou. Não durou muito tempo, claro, mas não havia como. E Jó deve ter se enrolado todo para explicar o que tinha acontecido, por falta de vocabulário e pela impossibilidade de descrever em termos terrenos uma experiência espiritual. Seja lá quem foi que escreveu o final do Livro de Jó não tinha ideia do que se tratava, mas deu-lhe um final feliz, moral, de acordo com as luzes da época, o que foi muito sensível de sua parte.

Llewellyn fez uma pausa.

– Portanto – continuou –, quando você diz que talvez eu tenha escolhido a plataforma pública para poder fazer o bem a mais pessoas e atingir mais gente, está redondamente enganado. Não há um valor numérico em atingir pessoas dessa forma e "fazer o bem" é um termo que não significa nada para mim. O que é fazer o bem? Queimar as pessoas na fogueira para salvar sua alma? Talvez. Queimar as feiticeiras vivas porque elas são o mal personificado? Muitos dirão que sim. Melhorar o nível de vida dos desafortunados? Consideramos isso importante hoje em dia. Lutar contra a crueldade e a injustiça?

– Você certamente concorda com isso.

– O que estou tentando dizer é que essas são questões de comportamento *humano*. O que é bom fazer? O que é certo fazer? O que é errado? Somos seres humanos, e temos que responder a essas perguntas da melhor maneira possível. Temos que viver nossa vida neste mundo, mas isso não tem nada a ver com experiência espiritual.

– Ah – exclamou Wilding. – Estou começando a entender. Vejo que você próprio passou por uma experiência dessas. O que aconteceu? Você sempre soube, mesmo na infância...

Não concluiu a pergunta. Depois, continuou:

– Ou não tinha a mínima ideia?

– Não tinha a mínima ideia – respondeu Llewellyn.

Capítulo 5

I

A mínima ideia... A pergunta de Wilding levou Llewellyn a um passado remoto.

À infância...

Sentiu o ar puro da montanha em suas narinas, os invernos frios, os verões quentes e secos. A comunidade, pequena e muito unida. Seu pai, um escocês alto e esquelético, austero, quase bravo. Um homem honrado, temente a Deus, um intelectual, apesar da simplicidade de sua vida e sua missão, um homem justo e inflexível, cujas emoções, embora profundas e verdadeiras, não eram evidentes. A mãe, galesa de cabelos escuros, com sua voz alegre que transformava as palavras mais comuns em música... Às vezes, à noite, ela recitava, em galês, o poema que o pai havia escrito para um festival da região muitos anos antes. As crianças só entendiam parte das palavras, mas a música da poesia trazia a Llewellyn uma saudade vaga de algo que ele não sabia precisar o que era. A mãe possuía um estranho conhecimento intuitivo, uma sabedoria natural inata, diferente do pai, mais intelectual.

Os olhos escuros dela observavam lentamente os filhos reunidos e detinham-se por mais tempo em Llewellyn, o primogênito, avaliando-o com certa dúvida, um sentimento que era quase medo.

Aquele olhar inquietava o menino.

– O que foi, mãe? O que eu fiz? – ele perguntava, apreensivo.

— Nada, querido — respondia a mãe, sorrindo, com uma voz carinhosa. — Você é um filho bom.

E Angus Knox virava o rosto rapidamente, olhando primeiro para a mulher e depois para o filho.

Havia sido uma infância feliz e normal. Nada de luxo, até um pouco austera em certos aspectos. Pais rígidos, o rigor da disciplina. Muitas obrigações em casa, responsabilidade para os quatro filhos mais novos, participação nas atividades da comunidade. Uma vida devotada e restrita, que Llewellyn aceitava sem reclamar.

Mas ele queria estudar, e nisso o pai o apoiava, pois tinha o respeito que todo escocês tem pelo aprendizado e a ambição de que o filho mais velho fosse mais do que um mero agricultor.

"Farei todo o possível para ajudá-lo, Llewellyn, mas não será muito. Você terá que se virar sozinho também".

E ele se virou. Incentivado pelo professor, seguiu em frente e entrou para a universidade. Trabalhava nas férias em hotéis e à noite lavava pratos.

Discutia o futuro com o pai. Não sabia se seria médico ou professor. Não tinha uma vocação específica, mas as duas carreiras lhe pareciam as mais apropriadas. Acabou optando pela Medicina.

Durante todos aqueles anos, não houve nenhum sinal de dedicação, de uma missão especial? Ficou pensando nisso, tentando lembrar-se.

Houve *algo*, sim... Olhando em retrospecto, viu que houve algo não compreendido na época. Uma espécie de medo, por assim dizer. Por trás da normalidade da vida diária, um medo, uma apreensão em relação a algo que ele não entendia. Tinha mais consciência desse medo quando estava sozinho e, por isso, buscou cada vez mais a vida comunitária.

Foi mais ou menos naquela época que passou a reparar em Carol.

Conhecia Carol desde criança. Haviam ido juntos à escola. Ela era dois anos mais nova do que ele, uma menina desajeitada, de bom coração, com aparelho nos dentes e meio tímida. Os pais eram amigos, e Carol passava bastante tempo na casa da família Knox.

No último ano da faculdade, Llewellyn chegou em casa um dia e viu Carol com outros olhos. Ela não usava mais aparelho e já não era desajeitada. Ao contrário, havia se tornado uma linda moça, cobiçada por todos os rapazes.

Até aquele momento, as mulheres não tinham desempenhado um papel tão importante na vida de Llewellyn. Ele trabalhara duro a vida toda e, além disso, era imaturo emocionalmente. Mas agora sua masculinidade vinha à tona, e ele começou a se preocupar com a aparência, gastando mais do que podia em gravatas e comprando caixas de bombons para Carol. A mãe sorriu e suspirou, como todas as mães, ao constatar os sinais inequívocos de que seu filho havia entrado na maturidade! Chegara a hora de perdê-lo para outra mulher. Ainda era muito cedo para pensar em casamento, mas, se tivesse que se casar, Carol seria uma boa escolha. Boa família, educada, boa índole e saudável. Melhor do que alguma estranha desconhecida da cidade. "Mas não boa o suficiente para o meu filho", dizia seu coração de mãe, e então ela sorria imaginando que aquilo era o que todas as mães diziam desde tempos imemoriais! Decidiu falar com Angus sobre o assunto.

– Ainda é cedo – disse Angus. – O garoto ainda tem um caminho pela frente. Mas ele não escolheu mal. Ela é uma boa moça, embora não seja um exemplo de inteligência.

Carol era bonita e popular, e gostava de sua popularidade. Tinha uma série de pretendentes, mas não escondia que Llewellyn era seu favorito. Às vezes conversavam sobre o futuro dele. Embora não demonstrasse, Carol sentia-se ligeiramente incomodada pela incerteza de Llewellyn e o que parecia ser falta de ambição.

– Ora, Lew, você provavelmente tem algum plano para quando se formar.

– Sim, vou arranjar logo um emprego. Já tive várias propostas.

– Mas não é bom se especializar em alguma área?

– Só se você tiver uma vocação específica. Eu não tenho.

– Mas, Llewellyn Knox, você quer progredir na vida, não quer?

– Progredir em que sentido? – perguntou, sorrindo de modo provocador.

– Chegar a *algum lugar*.

– Mas a vida é assim, não é, Carol? Daqui para cá. – Riscou com o dedo uma linha na areia. – Nascimento, crescimento, escola, carreira, casamento, filhos, casa, trabalho duro, aposentadoria, velhice, morte. Da fronteira de um país para outro.

– Não é disse que estou falando, Lew, e você sabe muito bem. Estou falando de chegar a *algum lugar*, fazer um nome, vencer na vida, de modo que todos tenham orgulho de você.

– Será que isso tudo faz alguma diferença? – comentou, de maneira abstrata.

– Garanto que sim!

– O que importa é o caminho que percorremos, acho, não para onde ele nos leva.

– Nunca ouvi uma besteira tão grande. Você não quer ter sucesso?

– Não sei. Acho que não.

De uma hora para a outra, Carol estava distante de novo, e ele se sentiu muito só, consciente do próprio medo. Um terrível calafrio percorreu-lhe a espinha. "Eu não. Outra pessoa". Quase falou em voz alta.

– Lew! Llewellyn! – A voz de Carol chamou baixinho, de longe, atravessando o deserto. – O que houve? Você está estranho.

Ele voltou para perto de Carol, que o olhava perplexa, assustada. Sentiu uma ternura repentina em relação a ela, que o salvara daquele lugar sombrio. Pegou sua mão.

– Você é tão doce... – Aproximou-a de si e beijou-a com delicadeza, quase timidamente. Ela correspondeu ao beijo.

Llewellyn pensou: "Posso dizer para ela agora... que a amo... que podemos noivar quando eu me formar. Pedirei a ela que espere por mim. Com Carol estarei seguro".

Mas não pronunciou palavra. Sentiu quase como uma mão física em seu peito, empurrando-o de volta, impedindo-o de falar. Essa realidade o assustou.

– Algum dia, Carol – disse ele, levantando-se –, algum dia... vou precisar falar com você.

Ela olhou para ele e riu, satisfeita. Não estava particularmente ansiosa para ele ir direto ao ponto. Era melhor que as coisas ficassem como estavam. Carol, na sua feliz ingenuidade, divertia-se com o cortejo dos rapazes. Algum dia, ela e Llewellyn se casariam. Sentira a emoção no beijo dele. Tinha certeza de que seria com ele.

Quanto à estranha falta de ambição de Llewellyn, não se preocupava. As mulheres de seu país tinham confiança no poder que exerciam sobre os homens. Eram as mulheres que planejavam e ajudavam os homens a terem sucesso na vida. As mulheres e os filhos, que eram sua principal arma. Ela e Llewellyn iriam querer o melhor para seus filhos, e isso seria um grande incentivo para Llewellyn trabalhar duro.

Llewellyn foi andando para casa em um grave estado de perturbação. Que experiência esquisita tivera! Cheio de palestras de psicologia na cabeça, tentou analisar-se, com certo receio. Seria uma resistência ao sexo? Por que essa resistência? Jantou olhando para a mãe e se perguntando, constrangido, se não tinha complexo de Édipo.

No entanto, foi a ela que ele recorreu antes de voltar para a universidade.

– Você gosta de Carol, não gosta? – perguntou-lhe, de maneira abrupta.

Ela sentiu um aperto na alma, mas disse, com segurança:

– Carol é uma boa menina. Eu e seu pai gostamos muito dela.

– Eu quis dizer a ela, outro dia...

– Que você a ama?

– Sim. Quis pedir a ela que me esperasse.

– Não precisa, querido. Se ela o ama...

– Mas não consegui falar. As palavras não saíram.

– Não se preocupe com isso – disse sua mãe, sorrindo. – Os homens, de um modo geral, não sabem se expressar nesses momentos. Lembro-me de seu pai me olhando fixamente, todo dia, mais como se me odiasse do que como se me amasse, sem conseguir dizer nada além de "como vai" e "que dia lindo".

– Foi mais do que isso – explicou Llewellyn, preocupado. – Era como se uma mão estivesse me empurrando para trás. Era como se eu fosse... *proibido.*

A mãe, então, sentiu a urgência e a força do problema.

– Talvez ela não seja a moça certa para você – disse, pausadamente. Continuou, impedindo-o de interrompê-la: – É difícil saber essas coisas quando somos jovens e o sangue ferve. Mas existe algo em você, talvez seu verdadeiro eu, que sabe o que é certo e o que não é certo, e isso o salvará de você e de impulsos que não sejam o verdadeiro.

"Algo em mim...", deteve-se nisso.

Olhou para a mãe com olhos subitamente desesperados.

– Na verdade, não sei nada sobre mim.

II

De volta à universidade, Llewellyn preencheu todo o seu tempo ou com trabalho, ou com a companhia dos amigos. O medo desapareceu e ele se sentiu seguro de novo. Leu complexos estudos sobre manifestações sexuais dos adolescentes e conseguiu, dessa forma, entender-se melhor.

Formou-se com honrarias, e isso também o ajudou a ter mais confiança em si mesmo. Voltou para casa decidido em relação ao futuro. Pediria Carol em casamento e discutiria com ela as diversas oportunidades que tinha agora que era formado. Sentiu um enorme alívio agora que a vida se descortinava numa sequência tão clara. Um trabalho adequado que ele se sentisse capaz de realizar e uma mulher que ele amava e com quem construiria uma casa e uma família.

Quando chegou em casa, passou a frequentar todas as festividades locais. Saía em grupo, mas sempre com Carol, e os dois eram aceitos como um casal. Ele raramente saía sozinho, e quando ia dormir à noite, sonhava com Carol. Tinha sonhos eróticos, o que o agradava. Tudo corria normalmente, tudo como deveria ser.

Confiante nesse caminho, ficou surpreso quando seu pai lhe perguntou um dia:

— O que foi, filho?
— Como assim?
— Você não está bem.
— Estou, sim. Nunca estive tão bem na vida!
— Talvez fisicamente.

Llewellyn ficou olhando para o pai. O velho frágil, altivo, de olhos profundos, balançou a cabeça vagarosamente.

— Existem momentos — disse — em que um homem precisa ficar sozinho.

Não falou mais nada e retirou-se. Llewellyn sentiu novamente aquele medo ilógico voltando. Ele *não* queria ficar sozinho. Era a última coisa do mundo em que pensava. Não conseguiria, não *podia* ficar sozinho.

Três dias depois, foi falar com o pai.

— Vou acampar na montanha. Sozinho.

— Ótimo — disse Angus, assentindo com a cabeça.

Seus olhos, os olhos de um místico, olharam para o filho com compreensão.

Llewellyn pensou: "Herdei alguma coisa dele, algo sobre o qual *ele* já sabe e eu ainda não".

III

Ele estava sozinho aqui, no deserto, há quase três semanas. Coisas curiosas começaram a acontecer. Desde o início, porém, descobriu que era capaz de conviver com a solidão e se perguntou por que lutara tanto contra essa ideia.

A princípio, pensou muito em si mesmo, no futuro e em Carol. Tudo se revelara com muita clareza e lógica, e pouco tempo depois ele percebeu que estava olhando a vida *de fora*, como um espectador e não como um participante. Porque nada de sua existência planejada era real. Podia ser lógica e coerente, mas na realidade não existia. Amava Carol, desejava-a, mas não se casaria com ela. Tinha outra missão a cumprir, embora não soubesse ainda que missão era essa. Após reconhecer isso, veio outra fase: uma fase que só poderia descrever como uma fase de vazio, um vazio ensurdecedor. Ele não era nada e não tinha nada. Nem medo tinha. Ao aceitar o vazio, conseguiu se livrar do medo.

Durante essa fase, comeu e bebeu muito pouco.

Chegava a ser um pouco insensato, às vezes.

Como uma miragem, cenas e pessoas desfilavam à sua frente.

Uma ou duas vezes, viu um rosto com muita nitidez. Era o rosto de uma mulher, que o inquietou bastante. Possuía uma ossatura frágil e bela, com têmporas aprofundadas e cabelos negros brotando das têmporas, os olhos profundos, quase trágicos. Por trás dessa mulher, viu, certa vez, um fundo em chamas. Em outra ocasião, divisou o formato nebuloso de uma igreja. Mais tarde, enxergou de repente: era só uma criança. Todas as vezes, havia muito sofrimento. Ele pensava: "Se ao menos eu pudesse ajudar...". Ao mesmo tempo, contudo, sabia que não havia como ajudar, e que a própria ideia de ajudar já era um engano.

Outra visão era a de uma enorme escrivaninha feita de madeira clara e brilhante e, atrás dela, um homem de rosto forte e pequenos olhos azuis, atentos. O homem inclinou-se para a frente como se fosse falar e, para enfatizar o que ia dizer, pegou uma pequena régua e começou a gesticular com ela.

Depois, de novo, viu o canto de uma sala, em um ângulo estranho. Havia uma janela e, do lado de fora, um pinheiro coberto de neve. Entre ele e a janela, apareceu um rosto, olhando para ele. Era um homem corado, de rosto redondo e óculos, mas antes que Llewellyn conseguisse vê-lo nitidamente, a imagem desapareceu.

Todas essas visões deviam ser fragmentos de sua própria imaginação, pensou Llewellyn. Não faziam muito sentido e eram todas de lugares e pessoas que ele não conhecia.

Mas logo as visões desapareceram. O vazio do qual ele tinha tanta consciência já não era mais total e absoluto. O vazio havia adquirido sentido e propósito. Llewellyn não vagava mais à deriva naquele vácuo. Ao contrário, incorporara o vazio dentro de si mesmo.

Nesse momento, percebeu mais uma coisa: estava esperando.

IV

A tempestade de vento veio de repente – uma dessas tempestades inesperadas que surgem em regiões desérticas. Veio girando e gritando em nuvens vermelhas de poeira, como uma entidade viva, e terminou tão repentinamente como tinha começado.

Depois, fez-se um silêncio marcante.

Todo o equipamento de Llewellyn foi varrido pelo vento. A barraca voou longe. Ele ficou sem nada, sozinho num mundo de repentina paz, como se tivesse sido criado de novo.

Percebeu que estava para acontecer o que sempre soube que aconteceria. Sentiu medo de novo, mas não o medo de antes, um medo por resistência. Dessa vez, estava pronto para aceitar – havia vazio dentro dele, e ele estava preparado para receber uma Presença. Sentia medo somente porque, com humildade, percebia que era um ser pequeno e insignificante.

Não foi fácil explicar para Wilding o que aconteceu em seguida.

– Porque não há palavras para descrever. Mas sei bem o que senti. A presença de Deus. Como se um cego, que acredita no sol pelo conhecimento intelectual e pelo calor que sente na pele, de repente abrisse os olhos e *enxergasse*. Eu *acreditava* em Deus, mas naquele momento eu *soube* que Ele existia. Foi um conhecimento direto, indescritível. E uma experiência apavorante para um ser humano. Naquele momento, entendi por que Deus, para aproximar-se dos homens, precisa vir num corpo de carne e osso. Depois de alguns segundos, que foi o tempo que durou tudo isso, voltei para casa. Levei uns três dias. Cheguei muito fraco e exausto.

Llewellyn calou-se por um instante.

– Minha mãe estava muito preocupada! Não tinha ideia do que havia acontecido. Meu pai suspeitava, acho. Sabia, pelo menos, que eu havia tido uma experiência muito forte. Contei à minha mãe que eu havia tido estranhas visões, impossíveis de descrever, e ela: "Eles têm o dom da visão na família de seu pai. A avó dele tinha, e uma irmã também". Depois de alguns dias de descanso e boa alimentação, fiquei forte de novo. Quando as pessoas falam do meu futuro, eu ficava em silêncio. Sabia que tudo estava preparado para mim. Eu só precisava aceitar. Já tinha aceitado, só não sabia o quê. Uma semana depois, houve uma grande missa na região, uma espécie de Missão Revivalista, eu diria. Minha mãe queria ir e meu pai concordou, embora não estivesse muito interessado. Fui com eles.

Olhando para Wilding, Llewellyn sorriu.

– O tipo de coisa que *você* não apreciaria, uma cerimônia meio tosca, melodramática. Não me comoveu. Até fiquei um pouco decepcionado. Várias pessoas se levantaram para dar seu testemunho. Até que fui chamado, clara e inequivocamente. Levantei-me. Lembro-me das pessoas me olhando. Não sabia o que ia dizer. Não pensava em minhas próprias crenças, nem as expunha. As palavras estavam lá, na minha cabeça. Às vezes, o pensamento se adiantava, e eu precisava falar mais rápido para acompanhar o ritmo, para não perder o fio da meada. Não tenho palavras para descrever o que senti. Se dissesse que foi como fogo e mel ao mesmo tempo, você entenderia? O fogo me queimava, mas havia também a doçura do mel, a doçura da obediência. Ser mensageiro de Deus é uma experiência ao mesmo tempo terrível e maravilhosa.

– Terrível como um exército com bandeiras – murmurou Wilding.

– Sim. Quem escreveu os salmos sabia do que estava falando.

– E depois?

Llewellyn abriu os braços.

– Exaustão. Completa exaustão. Devo ter falado por uns 45 minutos. Quando voltei para casa, sentei em frente à lareira, tremendo, tão cansado que mal podia me mexer ou falar. Minha mãe entendeu. Ela disse: "É como meu pai ficava, depois do Eisteddfod". Serviu-me um prato de sopa e colocou garrafas de água quente na minha cama.

– Você tinha toda a hereditariedade – comentou Wilding, baixinho. – A parte mística do lado escocês e a poesia e criatividade dos galeses, além das palavras. O que você descreveu é realmente criativo: o medo, a frustração, o vazio e, de repente, o surto de poder e, depois, a fraqueza.

Wilding fez uma pausa e depois perguntou:
– Não vai continuar a história?

– Não há muito mais a contar. Fui ver Carol no dia seguinte. Contei a ela que não seria mais médico, que seria pastor. Falei que até então esperava casar-se com ela, mas que agora havia desistido daquela ideia. Ela não entendeu. Disse: "Um médico pode fazer o bem tanto quanto um pastor". E eu disse que não era questão de fazer o bem. Era um chamado, e eu precisava obedecer a esse chamado. Carol achou absurdo eu dizer que não podia me casar. Eu não era católico apostólico romano, era? Então eu disse: "Tudo o que sou e tenho pertence a Deus". Mas, é claro, ela não conseguiu entender. Também, como entenderia? Coitada. Aquilo não fazia parte do vocabulário dela. Voltei para casa, falei com a minha mãe, pedi para que ela fosse boa com Carol, implorando para que entendesse. Ela disse: "Entendo muito bem. Você não tem mais nada a dar para uma mulher", e aí começou a chorar. Disse: "Eu sabia, sempre soube, que havia *algo*. Você era diferente dos outros. Ah, mas é difícil para as esposas e as mães. Se eu perdesse você para uma mulher, tomaria como ordem natural da vida. Teria, pelo menos, a alegria dos netos. Mas, dessa forma, você se afastará totalmente". Assegurei-lhe que aquilo não era verdade, mas o tempo todo sabíamos que ela estava certa. Os laços humanos iriam se romper.

Wilding mexeu-se, inquieto.

– Você vai me perdoar, mas não consigo aceitar isso como forma de vida. O carinho humano, a solidariedade, o serviço à humanidade...

– Mas não estou falando de uma forma de vida! Estou falando de um homem escolhido, um homem com algo a mais do que seus semelhantes, e que também é muito menor. Isso ele jamais pode esquecer: que é infinitamente menor, e que assim deve ser.

– Isso eu não entendo.

Llewellyn falou baixo, mais para si mesmo do que para Wilding.

– Aí é que mora o perigo: esquecer. Foi nesse ponto que Deus mostrou misericórdia em relação a mim. Ele me poupou tempo.

Capítulo 6

I

Wilding ficou totalmente perplexo com as últimas palavras de Llewellyn.

– Foi muita gentileza sua me contar tudo o que contou – disse Wilding, ligeiramente constrangido. – Por favor, acredite que eu não quis saber sua história por mera curiosidade.

– Eu sei. Você se interessa realmente por seus semelhantes.

– E você é um homem raro. Li muitas histórias a respeito de sua carreira nos jornais, mas não era isso que me interessava, esses detalhes fatuais.

Llewellyn fez que entendia com a cabeça. Sua mente ainda estava ocupada com o passado. Lembrava-se do dia em que o elevador o levara ao trigésimo quinto andar de um edifício muito alto. Reviu a recepcionista loira, alta e elegante, o rapaz corpulento que o acompanhara e o santuário final: o escritório do magnata. Lembrou-se da enorme mesa de madeira clara e brilhante e do homem que se levantou para recebê-lo, oferecendo-lhe a mão e dando-lhe as boas-vindas. O mesmo rosto forte, os pequenos olhos azuis penetrantes que havia visto aquele dia no deserto.

– Muito prazer em conhecê-lo, sr. Knox. A meu ver, o país está pronto para um grande retorno de Deus... precisamos promover isso em grande estilo... para tanto, precisamos investir dinheiro... já fui a duas reuniões suas... fiquei muito impressionado... o senhor sabe segurar o público na mão... foi maravilhoso... maravilhoso!

Deus e negócios. Não seria uma incongruência essa combinação? Mas também, qual o problema? Se o tino para os negócios era uma das dádivas que Deus concedeu ao homem, por que não utilizá-lo em Seu serviço?

Llewellyn não teve dúvida ou receio, porque aquela sala e aquele homem já haviam aparecido para ele. Faziam parte do destino, de *seu* destino. Havia sinceridade aqui, uma sinceridade simples e grotesca como os primeiros entalhes de uma pia batismal? Ou seria apenas a mera avidez de uma oportunidade comercial? O reconhecimento de uma situação em que se poderia ganhar dinheiro com Deus?

Llewellyn não sabia e, aliás, nem se deu ao trabalho de investigar. Era parte de seu destino ser um mensageiro, nada mais, um homem nascido para obedecer.

Quinze anos... Das pequenas reuniões abertas do começo aos grandes estádios, passando por salas de aula e auditórios.

Rostos, uma massa gigantesca de rostos borrados à distância, em filas, esperando, ansiosos...

E sua parte? Sempre a mesma.

O frio, a volta do medo, o vazio, a espera.

E então o dr. Llewellyn Knox se levanta e... as palavras vêm, passam por sua mente e saem por sua boca, em enxurradas... Não são palavras suas, nunca. Mas a glória, o êxtase de pronunciá-las, isso era seu.

(Era aí que se escondia o perigo. Estranho que ele nunca havia se dado conta até agora.)

E depois os resultados, as mulheres afetadas, os homens cordiais, a sensação de colapso iminente, a náusea, a hospitalidade, a adulação, a histeria.

E ele, respondendo da melhor maneira possível, não mais um mensageiro de Deus, mas um ser humano inadequado, muito menor do que aqueles que olhavam para ele com tanta adoração. Pois ele perdera essa virtude, havia sido drenado de tudo o que confere dignidade humana ao homem, um ser exausto, cheio de desespero, sombrio, vazio, oco.

"Coitado do dr. Knox", diziam, "parece tão cansado..."

Cansado. Sempre cansado.

Havia sido um homem forte fisicamente, mas não forte o suficiente para aguentar quinze anos daquilo. Náusea, tontura, taquicardia, dificuldade de respirar, desmaios. Em outras palavras, um corpo exaurido.

Foi para um sanatório nas montanhas. Deitado, imóvel, olhando pela janela para a silhueta escura de um pinheiro recortando o céu, vê o rosto vermelho, arredondado, de alguém que se debruça sobre ele. Era o médico, com olhar solene de coruja por trás das grossas lentes dos óculos.

– Vai levar um bom tempo. O senhor terá que ter paciência.

– Sim, doutor.

– Felizmente, o senhor tem uma boa compleição física, mas abusou de sua condição. O coração, o pulmão, não há órgão no seu corpo que não tenha sido afetado.

– O senhor está me dizendo que vou morrer? – perguntou Llewellyn, sem grande curiosidade.

– Claro que não. Você vai ficar bom de novo. Como eu disse, será um processo demorado, mas você sairá daqui novo em folha. Só que...

O médico hesitou.

– Só que o quê?

– O senhor precisa entender, sr. Knox, que deverá levar uma vida calma no futuro. Terá que abandonar a vida pública. Seu coração não aguentaria. Nada de plataformas, de esforço, de discursos.

– Depois de um descanso...

– Não, dr. Knox, por mais que o senhor descanse. Meu veredicto será o mesmo.

– Entendo. – Refletiu a respeito. – Estafa.

– Exatamente.

Estava esgotado. Utilizado por Deus para Seu propósito, mas o instrumento, sendo humano e frágil, não havia durado muito tempo. Sua utilidade chegara ao fim. Havia sido usado, descartado e jogado fora.

E agora?

Eis a questão. E agora?

Porque, afinal, quem era Llewellyn Knox?

Ele teria que descobrir.

II

A voz de Wilding invadiu seus pensamentos.

– Posso lhe perguntar quais são seus planos para o futuro?

– Não tenho planos.

– Jura? Imagino que você queira voltar...

Llewellyn interrompeu-o, com certa rispidez na voz.

– Não há como voltar.

– Alguma atividade parecida?

– Não. É um rompimento. Tem que ser assim.

– Eles lhe disseram isso?

– Não com essas palavras. Não posso mais voltar à vida pública, foi o que eles disseram. Nada de plataformas. Ou seja, fim.

– E uma vida tranquila em algum lugar? Sei que não é o que mais deseja, mas e ser pastor de alguma igreja?

– Eu era evangelista, Richard. É uma coisa totalmente diferente.

– Desculpe. Acho que compreendo. Você terá que começar uma vida completamente nova.

– Sim, uma vida particular, de um homem comum.

– E isso o confunde e o assusta?

Llewellyn fez que não com a cabeça.

– De jeito nenhum. Percebi, nestas últimas semanas em que estive aqui, que escapei de um grande perigo.

– Que perigo?

– Não se pode dar poder a um homem. O poder o estraga por dentro. Quanto tempo mais eu poderia continuar naquilo sem me corromper? Acho até que já me corrompi. Naqueles momentos em que pregava para multidões de pessoas, será que não começava a achar que era *eu* quem estava falando, *eu* quem estava dando a mensagem, *eu* quem sabia o que eles deviam ou não fazer, eu que não era mais o mensageiro de Deus, mas seu representante? Entende? Eu havia sido promovido a vizir, um homem exaltado, superior aos outros homens! – Acrescentou, baixinho: – Deus, em Sua infinita bondade, decidiu me salvar disso.

– Sua fé, então, não diminuiu por conta do que lhe aconteceu.

Llewellyn riu.

– Fé? Uma palavra estranha para mim. Nós acreditamos no sol, na lua, na cadeira em que sentamos, no chão em que pisamos? Se temos conhecimento, qual a necessidade de acreditar? E tire da cabeça a ideia de que sofri uma tragédia. Não sofri. Segui meu destino, e ainda estou seguindo. Foi certo eu ter vindo para cá, para esta ilha. Será certo ir embora quando chegar o momento.

– Você está dizendo que receberá outro... como você fala... outro chamado?

– Não, nada tão definitivo. Mas aos poucos aparecerá algum curso de ação inevitável, e eu o seguirei. As coisas se esclarecerão na minha mente. Saberei aonde ir e o que fazer.

– Tão fácil assim?

– Acho que sim. Explicando melhor, é uma questão de *harmonia*. Um caminho errado percebe-se logo. E quando digo errado não estou me referindo a maligno, mas a um caminho equivocado. É como errar o compasso quando estamos dançando ou cantar fora do tom: nos abala. – Movido por uma lembrança repentina, disse: – Se eu fosse mulher, diria que é como dar um ponto errado no tricô.

– E as mulheres? Você pensa em voltar para casa? Reencontrar o antigo amor?

– O final feliz? Dificilmente. Além disso – disse, sorrindo –, Carol já está casada há anos, tem três filhos e o marido está indo muito bem na área de corretagem. Carol e eu não fomos feitos um para o outro. Foi um amor de crianças que nunca se aprofundou.

– Não apareceu nenhuma outra mulher nesses anos todos?

– Não, graças a Deus. Se tivesse aparecido, se eu a tivesse encontrado...

Não terminou a frase, surpreendendo Wilding. Wilding não sabia da imagem que se apresentava na visão mental de Llewellyn: os cabelos negros, os delicados ossos das têmporas, os olhos trágicos.

Llewellyn sabia que a encontraria algum dia. Ela era tão real como a escrivaninha e o sanatório. Ela existia. Se ele a tivesse encontrado antes, durante a época da devoção a Deus, ele teria sido obrigado a largá-la. Teria sido capaz? Duvidava. A mulher de cabelos negros não era Carol. Não era um caso furtivo ou resultado dos sentidos físicos aprimorados da juventude. Mas ele não precisou fazer esse sacrifício. Agora estava livre.

Quando se encontrassem... Não tinha dúvida de que a encontraria. Em que circunstâncias, em que lugar, em que momento, ainda não sabia. Uma fonte de pedra numa igreja, labaredas de fogo, eram os únicos indícios que tinha. No entanto, sentia que estava muito perto, que não demoraria muito mais agora.

A brusquidão com que a porta entre as estantes se abriu o espantou. Wilding virou a cabeça e se levantou, com um gesto de surpresa.

– Querido, eu não sabia...

Ela não estava usando o xale espanhol, nem o vestido preto de gola rulê. Vestia um diáfano manto rosa claro, e foi pela cor, talvez, que Llewellyn sentiu um cheiro de lavanda. A mulher parou ao vê-lo. Fitou-o com os olhos arregalados e ligeiramente vidrados, expressando uma falta de emoção tão grande que chegava a ser chocante.

– Querida, sua cabeça melhorou? Este é o dr. Knox. Minha esposa.

Llewellyn aproximou-se, pegou a mão frágil dela e disse formalmente:

– Muito prazer em conhecê-la, lady Wilding.

O olhar vidrado tornou-se humano, demonstrando um certo alívio. Ela se sentou na cadeira que Wilding pegou para ela e começou a falar rapidamente, com breves pausas destacadas.

– O senhor é o dr. Knox? Já li a seu respeito, evidentemente. Estranho ter vindo para cá, para esta ilha. Por que veio? Digo, o que o motivou a vir? As pessoas não costumam vir para cá, não é, Richard? – Virou um pouco a cabeça e continuou, de modo inconsequente: – Digo, não costumam ficar aqui. Vêm de barco e voltam. Para onde? Fico me perguntando. Compram frutas, aquelas bonecas sem graça, os chapéus de palha que fazem aqui, voltam para o navio com o que compraram e vão embora. Para onde será que vão? Manchester? Liverpool? Chichester, talvez, e visitam a catedral com o chapéu de palha amassado. Seria engraçado. As coisas são engraçadas. As pessoas dizem: "Não sei se estou indo ou vindo". Minha antiga babá costumava dizer isso. Mas é verdade, não? Assim é a vida. Estamos indo ou vindo? Não sei.

Sacudiu a cabeça e riu de repente. Desequilibrou-se um pouco ao sentar. Llewellyn pensou: "Daqui a pouco ela desmaia. Será que ele sabe?".

Um rápido olhar de relance para Wilding lhe trouxe a resposta. Wilding, aquele homem tão experiente e vivido, não tinha a mínima ideia. Estava inclinado em direção à mulher, com amor e ansiedade no rosto.

– Querida, você está febril. Não devia ter se levantado.

– Estou me sentindo melhor. Também, com todos os remédios que tomei... Eles acabaram com a dor, mas me deixaram dopada. – Sorriu, sem convicção, tirando o cabelo da testa. – Não se preocupe comigo, Richard. Ofereça uma bebida ao dr. Knox.

– E você? Quer um conhaque? Talvez lhe faça bem.

Ela fez uma pequena careta:

– Não, só uma limonada para mim.

Agradeceu-lhe com um sorriso quando ele trouxe o copo para ela.

– Você nunca morrerá de sede – comentou ele.

– Quem sabe? – disse ela, com o sorriso estampado no rosto.

– Eu sei. Knox, e você? Um refrigerante? Um uísque?

– Conhaque, por favor.

Ela olhou para a taça dele e disse de repente:

– Poderíamos ir embora. Vamos embora, Richard?

– Embora de casa? Da ilha?

– É.

Wilding serviu-se de uísque e voltou, ficando atrás da cadeira da esposa.

– Vamos para onde você quiser, querida. Para onde você quiser, no momento que quiser. Hoje à noite, até.

Ela deu um longo e profundo suspiro.

– Você é tão bom comigo. É claro que não quero ir embora daqui. De qualquer maneira, como você iria? Você tem a propriedade para administrar. E finalmente está tendo progresso.

– Sim, mas isso não importa. Você é minha prioridade.

– Eu até iria... por um tempo... sozinha.

– Não, nós vamos juntos. Quero que você se sinta cuidada, que tenha sempre alguém ao seu lado.

– Você acha que preciso de um guardião? – Começou a rir. Era um riso meio descontrolado. Parou de repente, tapando a mão com a boca.

– Quero que você sinta que estou sempre do seu lado – disse Wilding.

– Eu sinto. Sinto mesmo.

– Vamos para a Itália. Ou para a Inglaterra, se você preferir. Talvez você esteja com saudade da Inglaterra, sua terra natal.

– Não – ela disse. – Não vamos para lugar nenhum. Vamos ficar aqui. Daria no mesmo, em qualquer lugar.

Afundou um pouco na cadeira. Olhava fixo para a frente, com tristeza. Então, de repente, olhou para o rosto perplexo e preocupado de Wilding.

– Richard, meu querido – ela disse. – Você é tão maravilhoso comigo, sempre tão paciente.

Ele respondeu baixinho:

– Contanto que você entenda que, para mim, a única coisa que importa é você.

— Eu sei disso. Ah, como eu sei!

Ele continuou:

— Eu esperava que você fosse feliz aqui, mas vejo agora que não existem muitas distrações.

— Temos o dr. Knox – comentou ela, virando a cabeça rapidamente para o convidado, que sorriu, satisfeito, pego de surpresa. "Que criatura maravilhosa e alegre ela poderia ser... e foi", pensou ele.

— Quanto à ilha e à casa – prosseguiu ela –, é um paraíso na terra. Você me disse isso uma vez, eu acreditei, e é verdade. É realmente um paraíso.

— Ah!

— Mas não consigo suportar muito. Não acha, dr. Knox – o ritmo *staccato* voltou –, que é necessário um caráter bastante forte para suportar o paraíso? Como os povos primitivos, abençoados, sentados em círculo embaixo das árvores, usando coroas... sempre achei que as coroas devem ser pesadas... jogando as coroas douradas no mar transparente... essa frase faz parte de um hino, não faz? Talvez Deus permita que eles joguem as coroas por causa do peso. Deve pesar usar uma coroa o tempo todo. Tudo o que é demais cansa, não? Acho... – ela levantou, meio desequilibrada –, acho que vou voltar para a cama. Você deve estar certo, Richard. Acho que estou com febre. Mas as coroas são pesadas. Estar aqui é como realizar um sonho, só que não estou mais no sonho. Preciso ir para algum outro lugar, mas não sei para onde. Se pelo menos...

Ela caiu subitamente, e Llewellyn, que já esperava por isso, agarrou-a a tempo, entregando-a, logo depois, a Wilding.

— Melhor levá-la de volta para a cama – aconselhou, seguro do que dizia.

— Sim, sim. E vou ligar para o médico.

— Ela vai melhorar depois que dormir — disse Llewellyn.

Richard Wilding olhou para ele, desconfiado.

— Vou ajudá-lo — disse Llewellyn.

Os dois levaram a moça inconsciente para o quarto. Saíram pela porta por onde ela havia entrado e passaram por um longo corredor. A porta do quarto estava aberta. Deitaram-na cuidadosamente numa enorme cama de madeira talhada, coberta com brocado. Wilding foi ao corredor e chamou por Maria.

Llewellyn deu uma rápida olhada pelo quarto.

Foi até o banheiro, passando por uma porta com cortina, examinou o armário espelhado e voltou para o quarto.

Wilding chamou Maria de novo, com impaciência.

Llewellyn foi até a penteadeira.

Pouco tempo depois, Wilding entrou, seguido de uma morena baixa, que foi até a cama e soltou um grito quando viu a patroa deitada.

— Fique com ela — disse Wilding, de modo objetivo. — Vou ligar para o médico.

— Não precisa, *señor*. Sei o que fazer. Amanhã de manhã ela já estará boa.

Wilding retirou-se, sacudindo a cabeça, relutante.

Llewellyn foi atrás, mas parou na porta.

— Onde ela guarda? — perguntou.

A mulher olhou para ele, nervosa.

Então, quase que involuntariamente, dirigiu o olhar para a parede atrás dele. Ele se virou. Havia um pequeno quadro, uma paisagem ao melhor estilo Corot. Llewellyn tirou o quadro da parede e deparou-se com um pequeno cofre, desses cofres antigos em que as mulheres guardavam suas joias, mas que não resistiriam aos ladrões de hoje. A chave estava na fechadura. Llewellyn abriu o cofre com cuidado, olhou para dentro, fez um sinal positivo com a cabeça e tornou a fechá-lo. Seus olhos encontraram-se com os de Maria em perfeita compreensão.

Retirou-se do quarto e foi encontrar Wilding, que acabava de desligar o telefone.

– O médico não está. Parece que foi fazer um parto, pelo que entendi

– Acho – começou a dizer Llewellyn, escolhendo as palavras com cautela – que Maria sabe o que fazer. Ela já deve ter visto lady Wilding assim antes.

– Sim... sim... Talvez tenha razão. Ela é muito dedicada à minha mulher.

– Eu reparei.

– Todo mundo a ama. Ela inspira amor... amor e desejo de proteção. As pessoas daqui gostam do belo, principalmente quando o belo está em apuros.

– E, no entanto, são todos, de certa forma, mais realistas do que os anglo-saxões.

– Possivelmente.

– Não se esquivam dos fatos.

– E nós, nos esquivamos?

– Com muita frequência. Muito bonito o quarto de sua mulher. Sabe o que me impressionou? Que não tem cheiro de perfume como o quarto de outras mulheres. Só um cheiro de lavanda e água-de-colônia.

Richard Wilding assentiu com a cabeça.

– Eu sei. Acabei associando lavanda com Shirley. Lembra-me a infância, o cheiro de lavanda na roupa de cama de minha mãe. O linho branco e os saquinhos de lavanda que ela fazia e colocava no armário para manter o frescor da primavera. Coisas simples da vida no campo.

Suspirou e viu que seu convidado o olhava sem entender.

– Preciso ir – disse Llewellyn, esticando o braço para cumprimentá-lo.

Capítulo 7

– Você ainda vem aqui? – perguntou Knox, depois que o garçom foi embora.

Lady Wilding ficou em silêncio por um tempo. Essa noite ela não olhava para o porto, mas para a taça à sua frente, com um líquido dourado dentro.

– Suco de laranja – disse ela.

– Estou vendo. Uma postura.

– Sim. Ajuda a criar uma postura.

– Sem dúvida.

– Contou para ele que me viu aqui? – perguntou ela.

– Não.

– Por que não?

– Teria causado dor a ele e a você. Além disso, ele não me perguntou nada.

– Se ele tivesse perguntado, o senhor teria contado?

– Sim.

– Por quê?

– Porque quanto mais simples formos, melhor.

Ela suspirou.

– Fico me perguntando se o senhor entende o que está acontecendo.

– Não sei.

– Mas já deve ter percebido que não sou capaz de machucá-lo. Como ele é, como acredita em mim, como pensa só em mim. Já percebeu?

– Ah, sim, percebi sim. Ele quer se interpor entre você e todo o sofrimento e maldade.

— Mas isso já é demais.

— Sim, é demais.

— As pessoas se metem em situações das quais não conseguem sair depois. Fingimos. Estamos sempre fingindo. Até que um dia nos cansamos e queremos gritar: "Pare de me amar, pare de me cuidar, pare de se preocupar comigo, pare de me proteger". — Apertou as mãos. — Eu *quero* ser feliz com Richard, como quero! Por que não consigo? Por que estou tão cansada de tudo?

— *Sustentai-me com passas, confortai-me com maçãs, porque desfaleço de amor.*

— Sim, exatamente isso. Sou *eu*. A culpa é minha.

— Por que você se casou com ele?

— Por quê? — Ela arregalou os olhos. — Isso é simples. Eu me apaixonei.

— Entendi.

— Foi uma espécie de paixão cega. Ele é muito sedutor e atraente. O senhor compreende?

— Sim, compreendo.

— E ele era romântico também. Um senhor mais velho, que me conhecia desde pequena, me avisou. "Se quiser namorar, tudo bem, mas não se case com ele." Ele tinha razão. Só que eu estava tão infeliz na época... e Richard apareceu. Passei a ter devaneios. Sonhava com o amor, nós dois juntos numa ilha deserta, à luz do luar. Agora esse sonho se realizou, mas eu não sou quem eu sonhava ser no sonho. Sou apenas a sonhadora. É horrível.

Ela olhou firme nos olhos dele.

— Será que um dia vou ser quem eu sonhava ser? Eu gostaria tanto!

— Não, se nunca foi você de verdade.

— Eu poderia ir embora, mas para onde? Não para o passado, porque o passado não existe mais. Teria que começar de novo, não sei como ou onde. E, de qualquer maneira, não quero magoar Richard. Ele já sofreu demais.

– Sofreu?

– Sim, com a primeira mulher. Uma prostituta. Muito atraente, bom caráter, mas completamente amoral. Ele não a enxergava assim.

– Claro.

– E ela lhe fazia muito mal. Ele ficou péssimo. Culpava-se, achando que tinha fracassado no relacionamento. Até hoje ele não consegue culpá-la. Só sente pena dela.

– Ele sente muita pena das pessoas.

– Existe pena em excesso?

– Sim, e a pessoa passa a não enxergar direito. Além disso, constitui um insulto – acrescentou.

– Como assim?

– Dá a ideia do que diz na reza dos fariseus: "Deus, agradeço por não ser como esse homem".

– O senhor nunca sentiu pena de ninguém?

– Sim. Sou humano. Mas tenho medo disso.

– Que mal pode acontecer?

– A pena pode levar à ação.

– E isso seria errado?

– Pode gerar resultados muito negativos.

– Para quem sente pena?

– Não, não para quem sente pena. Para a outra pessoa.

– O que devemos fazer, então, quando sentimos pena de alguém?

– Deixá-lo no lugar a que ele pertence: nas mãos de Deus.

– Soa como uma sentença implacável e cruel.

– Não tão perigoso quanto cair na armadilha da pena.

Ela inclinou-se em direção a ele.

– Diga a verdade: o senhor tem pena de mim?

– Estou tentando não ter.
– Por quê?
– Para ajudá-la a não sentir pena de si mesma.
– O senhor acha que tenho pena de mim mesma?
– Você tem?
– Não – respondeu ela, lentamente. – Não tenho, não. Acabei me enrolando, e foi tudo culpa minha.
– Geralmente é assim, mas no seu caso talvez não seja.
– Diga-me, o senhor que é sábio, faz pregações para as pessoas... o que devo fazer?
– Você sabe.
Ela olhou para ele e, de repente, de maneira inesperada, começou a rir. Um riso de alegria e coragem.
– Sim – ela disse. – Eu sei. Sei muito bem. *Lutar.*

Parte Quatro

Como era no início – 1956

Capítulo 1

Llewellyn olhou para o edifício antes de entrar.

Era sombrio como a rua em que estava. Aqui, nesta região de Londres, ainda se viam os estragos da guerra e a decadência geral. O efeito era muito deprimente. Llewellyn sentiu-se mal. A missão que tinha vindo cumprir era bastante dolorosa. Não recuaria, mas sabia que ficaria aliviado quando tivesse terminado.

Deu um suspirou, endireitou o ombro, subiu um lance de escadas e passou por uma porta de batente.

No interior do prédio havia muito movimento, mas com organização e ordem. As pessoas corriam pelos corredores de maneira disciplinada. Uma moça de uniforme azul-claro parou ao lado dele.

– Posso ajudá-lo?

– Desejo ver a srta. Franklin.

– Sinto muito. A srta. Franklin não pode ver ninguém hoje. Vou levá-lo à sala da secretária dela.

Ele insistiu gentilmente em ver a srta. Franklin.

– É importante – ele disse, acrescentando: – Se puder, por favor, entregue-lhe esta carta.

A moça conduziu-o a uma sala de espera e retirou-se. Cinco minutos depois, uma senhora gorda e simpática veio falar com ele.

– Sou a srta. Harrison, a secretária da srta. Franklin. O senhor vai ter que esperar um pouco. A srta. Franklin está com uma criança que acabou de sair da anestesia após ser operada.

Llewellyn agradeceu e começou a fazer perguntas. A secretária animou-se e falou, satisfeita, a respeito da Fundação Worley para Crianças Excepcionais.

– É uma fundação bastante antiga. De 1840. Nathaniel Worley, nosso fundador, era proprietário de diversas usinas. – Ela não parava de falar. – Infelizmente, os fundos foram diminuindo, os investimentos foram rareando e o custo de vida aumentando. Claro que havia problemas de administração. Mas desde que a srta. Franklin ocupou a superintendência...

Seu rosto iluminou-se e a velocidade de suas palavras aumentou.

A srta. Franklin era, visivelmente, tudo para ela. A srta. Franklin havia limpado a sujeira, a srta. Franklin havia reorganizado isso e aquilo, a srta. Franklin havia lutado com autoridade e vencido e agora a srta. Franklin reinava soberana, e tudo para melhorar a vida de todos. Llewellyn perguntou-se por que o entusiasmo de uma mulher por outra sempre parecia tão rudimentar. Duvidou que fosse gostar da eficiente srta. Franklin. Devia ser da ordem das abelhas-rainhas, cercada de outras abelhas que trabalhavam duro em torno dela.

Finalmente ele foi levado para o andar de cima. Atravessaram um corredor, e a srta. Harrison bateu numa porta, dando passagem para Llewellyn adentrar o Santo Santuário: o escritório particular da srta. Franklin.

Ela estava sentada em sua mesa e parecia frágil e muito cansada.

Llewellyn ficou olhando para ela tão perplexo que só conseguiu pronunciar:

– *Você...*

Ela veio em sua direção, com a testa franzida, aquela testa delicadamente marcada que ele conhecia tão bem. Era o mesmo rosto, pálido, delicado, a mesma boca triste, o formato incomum dos olhos negros, o cabelo que nascia das têmporas, triunfantes como asas. Um rosto trágico, pensou ele, mas com aqueles lábios generosos feitos para o riso. Um rosto severo e orgulhoso que podia ser transformado pela ternura.

– Dr. Llewellyn? – perguntou ela, calmamente. – Meu cunhado me escreveu dizendo que o senhor viria. Muita bondade sua.

– Imagino que a notícia da morte de sua irmã tenha sido um grande choque.

– Foi mesmo. Ela era tão jovem...

Sua voz fraquejou por um momento, mas ela não perdeu o controle. "Uma mulher disciplinada. Aprendeu a disciplinar-se", pensou Llewellyn.

Sua roupa parecia um pouco com a vestimenta de uma freira. Um manto preto com gola branca.

– Preferiria ter morrido no lugar dela – disse, baixinho. – Mas todo mundo deve dizer o mesmo.

– Nem sempre. Só quando a pessoa se importa muito com a outra ou quando sua própria vida chega a um ponto intolerável.

– O senhor é realmente Llewellyn Knox, não? – perguntou ela, arregalando os olhos, ligeiramente desconfiada.

– Era. Hoje em dia me chamo Murray Llewellyn, o que poupa a repetição contínua de condolências. É menos constrangedor para os outros e para mim.

– Vi fotos suas nos jornais, mas acho que não o reconheceria.

– Não. A maioria das pessoas não me reconhece mais. Existem outros rostos nos jornais agora. E, talvez, eu tenha murchado também.

– Murchado?

Ele sorriu.

– Não fisicamente, mas em termos de importância. – Fez uma pausa e prosseguiu: – Sabe que trouxe alguns objetos pessoais de sua irmã, não? Seu cunhado julgou que gostaria de tê-los. Estão no meu hotel. Talvez queira jantar comigo, ou, se preferir, posso mandar enviá-los para cá.

– Vou ficar feliz de tê-los, sim. Quero ouvir tudo o que tem para me contar... sobre Shirley. Faz tanto tempo que não a via. Quase três anos. Ainda não consigo acreditar... que ela está *morta*.

– Sei como se sente.

– Quero saber de tudo o que puder me contar sobre ela, mas não tente me consolar. O senhor ainda acredita em Deus, suponho. Pois eu não! Desculpe se pareço um pouco grosseira de dizer essas coisas, mas melhor o senhor saber o que eu sinto. Se existe mesmo um Deus, Ele é cruel e injusto.

– Porque deixou que sua irmã morresse?

– Não quero discutir isso. Por favor, não fale de religião para mim. Fale-me sobre Shirley. Até agora não entendo como o acidente aconteceu.

– Ela estava atravessando a rua e foi atropelada por um caminhão. Morreu na hora. Não sentiu dor alguma.

– Foi o que Richard me disse na carta, mas achei que ele estivesse querendo ser cuidadoso e me poupar. Ele costuma fazer isso.

– Sim. Mas eu não. Pode acreditar que sua irmã morreu na hora e não sofreu.

– Como foi que aconteceu?

– Era tarde da noite. Ela estava num café, sentada do lado de fora, olhando para o porto. Ao sair, atravessou a rua sem olhar, e o caminhão que virava a esquina a atingiu.

– Ela estava sozinha?

– Estava.

— Mas onde estava Richard? Por que ele não estava com ela? Muito estranho. Não achei que Richard fosse capaz de deixá-la sair sozinha à noite para um café. Achei que ele cuidava dela.

— Não devemos culpá-lo. Ele a adorava e zelava por ela de todas as maneiras possíveis. Naquela ocasião, ele não sabia que ela havia saído.

Laura tranquilizou-se.

— Entendo. Fui injusta – disse, apertando as mãos. – É tão cruel, tão injusto, tão *sem sentido*. Depois de tudo o que Shirley passou... Ter somente três anos de felicidade.

Llewellyn não respondeu na hora. Ficou apenas observando-a.

— Desculpe-me, a senhorita amava muito sua irmã?

— Mais do que tudo neste mundo.

— E, no entanto, não a viu por três anos. Eles a convidaram várias vezes, e a senhorita nunca foi.

— Era difícil largar meu trabalho aqui, encontrar alguém que me substituísse.

— Talvez. Mas a senhorita poderia ter dado um jeito. Por que não queria ir?

— Eu queria!

— Mas tinha algum motivo para não ir?

— Eu já lhe disse. Meu trabalho aqui...

— Ama tanto assim o seu trabalho?

— Amar? Não – respondeu, surpresa. – Mas é um trabalho digno. Atende a uma necessidade. Essas crianças não têm quem as ampare. Acho realmente que estou fazendo algo útil.

Ela falava com uma sinceridade que pareceu esquisita a Llewellyn.

— Claro que é útil. Não tenho dúvidas.

— Este lugar estava uma bagunça. Tive um trabalho danado para arrumar tudo.

— A senhorita é boa administradora. Dá para ver. Tem personalidade. Sabe lidar com as pessoas. Tenho certeza de que fez um trabalho muito necessário aqui. Foi prazeroso?

— Prazeroso? — repetiu ela, alarmada.

— Prazeroso. Não estou falando outro idioma. Poderia ser prazeroso se as amasse.

— Amasse quem?

— As crianças.

Ela disse, com vagar e tristeza:

— Não as amo... não... não como o senhor diz. Gostaria de amar, mas...

— Mas aí seria um prazer, não um dever. Era isso o que estava pensando, não? E a senhorita precisa cumprir um dever.

— Por que acha isso?

— Porque está escrito no seu rosto. O motivo eu não sei.

Ele se levantou de repente e começou a andar pela sala.

— O que fez a vida inteira? É tão desconcertante... Conheço-a tão bem e ao mesmo tempo não sei nada a seu respeito. É comovente... Nem sei por onde começar.

Ele estava tão atormentado que Laura ficou só olhando.

— Devo parecer um louco. A senhorita não entende. E como poderia? Mas vim para este país encontrá-la.

— Para me trazer as coisas de Shirley?

Ele fez um gesto impaciente com a mão.

— Sim, era o que eu pensava. Para realizar uma tarefa que Richard não tinha coragem de realizar. Mas eu não tinha a menor ideia de que seria *você*.

Ele debruçou-se sobre a mesa em direção a ela.

– Ouça, Laura, você precisa saber em algum momento... e esse momento pode ser agora. Há muitos anos, antes de me dedicar à minha missão, tive três visões. Na família do meu pai a clarividência é algo comum. Acho que herdei isso. Tive três visões tão reais como o que está acontecendo aqui agora. Vi uma escrivaninha e um homem de rosto forte sentado atrás dela. Vi uma janela, uma paisagem de pinheiros, com o céu atrás, e um homem com o rosto redondo, rosado, e expressão de coruja. Depois de um tempo, vivi essas duas cenas na realidade. O homem da escrivaninha era o multimilionário que financiou nossa cruzada religiosa. Mais tarde, deitado na cama de um sanatório, vi a paisagem de pinheiros, cobertos de neve, com o céu atrás, e um médico com um rosto rosado e redondo veio me dizer que minha vida de evangelista havia acabado. A terceira visão que eu tive foi de *você*. Sim, Laura, *você*. Tão nítida como agora. Um pouco mais jovem, mas com a mesma tristeza nos olhos, o mesmo semblante trágico. Não a vi em um cenário específico, mas, como pano de fundo, vi uma igreja e, mais atrás, fogo.

– Fogo? – perguntou Laura, perplexa.

– Sim. Já esteve em um incêndio?

– Uma vez, quando era criança. Mas a igreja... que tipo de igreja era? Católica, com Nossa Senhora de manto azul?

– Não vi com tanta precisão. Não havia cor ou luz. Era tudo cinza e... sim, uma pia batismal. Você estava perto de uma pia batismal.

Laura ficou pálida. Levou as mãos à cabeça.

– Isso significa alguma coisa para você, Laura?

– Shirley Margaret Evelyn, em nome de Pai, do Filho e do Espírito Santo... – disse, diminuindo a voz. – O batizado de Shirley. Fui madrinha dela. Segurei-a e queria jogá-la no chão de pedras! Queria que ela morresse! Era o que eu pensava. E agora... agora ela *está* morta.

Laura abaixou a cabeça e escondeu o rosto com as mãos.

– Laura, querida, entendo... E o fogo? O que significa?

– Eu rezei. Sim, eu rezei. Acendi uma vela e fiz um pedido. E sabe o que eu pedi? Pedi que Shirley morresse. E agora...

– Pare, Laura. Não continue dizendo isso. O incêndio... o que aconteceu?

– Foi naquela mesma noite. Acordei e vi a fumaça. A casa estava pegando fogo. Achei que minha reza tinha sido atendida. E aí ouvi o choro de um bebê. De repente, tudo mudou. A única coisa que eu queria naquele momento era salvar Shirley. E consegui. Ela saiu intacta. Levei-a para o lado de fora e coloquei-a na grama. E aí percebi que tudo aquilo tinha passado... o ciúme, o desejo de ser a primeira... não existiam mais, e eu a amava profundamente. Passei a amá-la desde aquele momento.

– Minha querida... ah, minha querida – disse Llewellyn, debruçando-se de novo sobre a mesa em direção a ela. Falou com urgência: – Você consegue ver que minha vinda para cá...

Foi interrompido pela entrada da srta. Harrison.

– O especialista chegou – anunciou, ofegante. – O sr. Bragg. Está na ala A, esperando a senhora.

Laura levantou-se.

– Já estou indo.

A srta. Harrison retirou-se.

– Desculpe-me – disse Laura, apressada. – Preciso ir agora. Se puder me enviar as coisas de Shirley...

— Preferiria que você viesse jantar comigo no hotel. Estou no Windsor, perto da Charing Cross Station. Você pode hoje à noite?

— Hoje à noite é impossível.

— Então amanhã.

— É difícil, para mim, sair à noite...

— Você não trabalha a essa hora. Já lhe perguntei sobre isso.

— Tenho outros planos... compromissos...

— Não é isso. Você está com medo.

— Tudo bem. Estou com medo mesmo.

— De mim?

— Acho que sim.

— Por quê? Por que acha que sou louco?

— Não. O senhor não é louco. Não é isso.

— Mas você está com medo. Por quê?

— Quero ficar sozinha. Não quero que nada interfira na minha vida. Oh! Nem sei do que estou falando. Preciso ir.

— Mas você jantará comigo... Quando? Amanhã? Depois de amanhã? Esperarei aqui em Londres até você poder.

— Hoje à noite, então.

— E acabar logo com esse assunto! — disse ele rindo. Ela riu também, para sua própria surpresa. Depois, recompôs a seriedade e dirigiu-se rapidamente para a porta. Llewellyn deu um passo para o lado para que ela passasse e abriu a porta.

— Hotel Windsor, às oito da noite. Estarei esperando.

Capítulo 2

I

Laura sentou-se em frente ao espelho do quarto de seu pequeno apartamento. Havia um estranho sorriso em seus lábios enquanto estudava o rosto. Na mão direita segurava um batom. Olhou para o nome gravado no estojo. *Maçã Fatal*.

Ainda não entendia que misterioso impulso a fizera entrar na luxuosa e perfumada loja por onde ela passava todos os dias.

A vendedora trouxera uma seleção de batons, experimentando-os na parte de trás das mãos finas, com dedos exóticos e unhas carmesins.

Pequenos traços rosa, cereja, escarlate, castanho-avermelhado e cíclame, todos muito parecidos, exceto pelos nomes, uns nomes fantásticos, pensava Laura.

Raio Rosa, Rum Amanteigado, Coral Nebuloso, Rosa Silencioso, Maçã Fatal.

Foi o nome que a atraiu, não a cor.

Maçã Fatal. Aludia a Eva, tentação, feminilidade.

Sentada em frente ao espelho, pintou cuidadosamente os lábios.

Baldy! Pensou em Baldy, arrancando trepadeiras e dando-lhe lições tanto tempo atrás. O que ele dissera? "Mostre que você é uma mulher, coloque seu bloco na rua, vá atrás de seu homem..."

Algo assim. Não era isso o que estava fazendo agora?

E ela pensou: "Sim, é exatamente isso. Só por esta noite, só desta vez, quero ser uma mulher, como as outras mulheres, que se enfeitam e se maquiam para atrair seu homem. Jamais quis isso antes. Não achava que era esse tipo de pessoa. Mas eu sou. Eu só não sabia".

E a lembrança de Baldy era tão forte que ela quase conseguia vê-lo ali a seu lado, fazendo gestos de aprovação com a cabeça e dizendo, com a voz rouca: "Isso mesmo, Laura. Nunca é tarde demais para aprender".

Querido Baldy...

Em todos os momentos de sua vida ele estivera presente. Baldy, o único amigo fiel e verdadeiro que tivera.

Lembrou de seu leito de morte, dois anos antes. Haviam mandado chamá-la, mas, quando chegou, o médico explicou que provavelmente ele não a reconheceria mais. Estava piorando rapidamente e apenas semiconsciente.

Ela sentou-se ao lado dele, segurou suas mãos nodosas e ficou observando-o.

Ele estava muito quieto, gemendo e bafejando de vez em quando, como que possuído por alguma exasperação interna. Sussurrava palavras esparsas.

Em um determinado momento, ele abriu os olhos, olhou para ela sem reconhecê-la e perguntou:

– Onde *está* a criança? Poderia chamá-la? E não me venha com aquela história de que é ruim para ela ver uma pessoa morrendo. É só uma experiência. E as crianças lidam bem com a morte, melhor do que nós.

Laura disse:

– Estou aqui, Baldy. Estou aqui.

Mas, fechando os olhos, ele apenas murmurou, indignado:

– Morrendo? Não estou morrendo. Os médicos são todos iguais... uns urubus. Vou mostrar a ele.

Nesse momento, ele caiu num estado de vigília, murmurando ocasionalmente frases que demonstravam que sua mente vagava por lembranças de sua vida.

– Que idiota... não faz sentido do ponto de vista histórico... – De repente, uma risada. – Ah, Curtis, você e seus adubos... Mesmo assim, minhas rosas sempre foram mais bonitas.

Até que veio seu nome.

– Laura... precisamos arrumar um cachorro para ela...

Aquilo a intrigou. Um cachorro? Por que um cachorro?

Depois, parecia que ele estava falando com a governanta:

– ...tire da minha frente essas guloseimas nojentas... para uma criança, tudo bem... mas me dão enjoo só de olhar...

Claro. Aqueles chás suntuosos com Baldy, que marcaram sua infância. As bombas, os merengues, os biscoitos... Seus olhos encheram-se de lágrimas.

De repente, ele abriu os olhos, olhou para ela e reconheceu-a. Começou a conversar normalmente.

– Você não devia ter feito isso, minha jovem Laura – disse ele, em tom de reprovação. – Você não devia ter feito isso, você sabe. Só vai lhe causar problema.

E da maneira mais natural do mundo, virou a cabeça no travesseiro e morreu.

Seu amigo...

Seu único amigo.

Mais uma vez, Laura olhou seu rosto no espelho. Estava perplexa agora com o que via. Seria somente a linha carmesim escura do batom realçando-lhe a curva dos lábios? Lábios carnudos, sem nenhum asceticismo. Não havia nada de ascético nela nesse momento.

Laura sussurrou, discutindo com alguém que era ela mesma e, ao mesmo tempo, outra pessoa.

– Por que não ficar bonita? Só desta vez. Só esta noite. Sei que é tarde demais, mas por que não saber como é? Só para ter alguma lembrança depois...

II

– O que aconteceu com você? – ele perguntou diretamente.

Ela encarou-o, sem se alterar. Uma súbita inibição invadiu-a, mas ela conseguiu ocultá-la. Para recuperar o equilíbrio, examinou-o de modo crítico.

Gostou do que viu. Não era jovem – na verdade, aparentava ser mais velho do que era (ela sabia sua idade pelas informações dos jornais) –, mas possuía um jeito infantil, meio desajeitado, que lhe pareceu ao mesmo tempo estranho e terno. Demonstrava uma ansiedade aliada ao acanhamento, como se tudo no mundo fosse novidade para ele.

– Não aconteceu nada comigo – respondeu ela, deixando que ele a ajudasse com o sobretudo.

– Aconteceu, sim. Você está diferente... muito diferente de como estava hoje de manhã.

Ela respondeu bruscamente:

– Batom e maquiagem, só isso.

Llewellyn aceitou a resposta.

– Entendi. Realmente achei seus lábios mais pálidos do que os da maioria das mulheres. Você parecia uma freira.

– Imagino que sim.

– Você está linda agora. Aliás, você *é* linda, Laura. Não se importa que eu diga isso, se importa?

– Não – respondeu Laura, sacudindo a cabeça.

"Diga sempre", pensou ela, "repita uma e outra vez, pois é tudo o que terei."

– Vamos jantar aqui, na sala de estar. Achei que você fosse preferir. Mas talvez... o que você acha? – perguntou ele, com ansiedade.

– Acho perfeito.

– Espero que o jantar também esteja perfeito. Não garanto. Nunca pensei muito em comida até agora, mas gostaria que a agradasse.

Laura sorriu, sentando-se à mesa. Llewellyn ligou para o garçom.

Ela sentia como se estivesse em um sonho.

Pois aquele não era o homem que viera vê-la de manhã na Fundação. Era outro homem, mais jovem, inexperiente, ansioso, inseguro de si mesmo, desesperado para agradar. "Ele devia ser assim aos vinte anos", pensou ela. "Perdeu isso, e agora está voltando ao passado para recuperar."

Por um momento, a tristeza e o desespero tomaram conta dela. Aquilo não era real. Eles estavam tentando representar "o que poderia ter sido". O jovem Llewellyn e a jovem Laura. Era ridículo e patético, insubstancial quanto ao tempo, mas estranhamente agradável.

Jantaram. O jantar estava péssimo, mas nenhum dos dois percebeu. Juntos, exploravam o *Pays du Tendre*. Conversavam, riam, sem se dar conta do que falavam.

Finalmente, quando o garçom saiu, deixando o café na mesa, Laura disse:

– Você já sabe bastante sobre mim, mas eu não sei nada a seu respeito. Conte-me.

Ele falou de sua juventude, dos pais e de sua criação.

– Eles ainda estão vivos?

– Meu pai morreu há dez anos. Minha mãe, ano passado.

– Eles tinham... ela tinha muito orgulho de você?

– Meu pai, acho, não gostava da forma que minha missão tomou. Sentia repulsa pela religião emocional, mas aceitava, creio, que não havia outro caminho para mim. Minha mãe entendia melhor. Tinha orgulho da minha fama mundial, como todas as mães. Mas ficava triste.

– Triste?

– Por causa da parte humana que eu estava perdendo. E porque, sem eles, eu me isolava dos outros e, evidentemente, dela.

– Entendi.

Laura ficou pensando naquilo. Llewellyn continuou sua história, uma história que pareceu fantástica a Laura. Uma experiência tão diferente da sua que, de certa forma, a revoltava.

– Isso é tão comercial!

– A maquinaria? É mesmo.

– Se ao menos eu conseguisse entender melhor. Eu quero entender. Você acha, achava, que valia mesmo a pena, que era importante? – perguntou ela.

– Para Deus?

– Não, não – respondeu Laura, surpresa. – Não quis dizer isso. Quis dizer para *você*.

Ele suspirou.

– É muito difícil explicar. Tentei explicar a Richard Wilding. Nunca pensei se valia ou não a pena. Era algo que eu precisava fazer.

– Se você tivesse que pregar num deserto, então, teria dado no mesmo?

– Nesse sentido, sim. Mas aí eu não pregaria tão bem, claro – disse ele, com um sorriso galhofeiro. – Um ator não tem como atuar bem numa casa vazia. Um escritor precisa de leitores. Um pintor precisa exibir seus quadros.

– Da maneira que você fala, pelo que eu entendo, parece que os *resultados* não lhe interessavam.

– Não tenho como saber quais foram os resultados.

– Mas os números, as estatísticas, os seguidores... tudo isso devia ser anotado, de forma clara.
– Sim, eu sei. Mas isso também faz parte da maquinaria. São cálculos humanos. Não sei sobre os resultados que Deus queria ou o que Ele recebeu. Mas entenda uma coisa, Laura: se de todos os milhões de indivíduos que vieram me ouvir Deus quisesse apenas uma alma, e essa fosse a maneira de alcançá-la, já valia a pena.
– Isso é como usar um martelo para abrir uma noz.
– É verdade, para os padrões humanos. Essa é a nossa dificuldade. Atribuímos nossos padrões humanos de valores, ou de justiça e injustiça, a Deus. Não temos, nem podemos ter, a mínima ideia do que Deus realmente quer do homem, exceto que parece bastante provável que Ele queira que o homem se torne algo que ele pode se tornar e ainda não se tornou.

Laura perguntou:
– E você? O que Deus quer de você agora?
– Ah, apenas ser um homem comum. Trabalhar, casar, ter filhos, amar ao próximo.
– E você ficará satisfeito com isso?
– Satisfeito? O que mais eu poderia querer? O que mais alguém poderia querer? Estou em desvantagem, talvez. Já perdi quinze anos da minha vida. É aí que você me ajudará, Laura.
– Eu?
– Você sabe que eu quero me casar com você, não sabe? Você já deve ter percebido que eu a amo.

Laura ficou em silêncio, branca, olhando para ele. A irrealidade daquele jantar festivo havia acabado. Voltaram a ser eles mesmos, no presente que haviam criado.
– Impossível – disse ela, devagar.
– Impossível? Por quê? – perguntou ele, sem se preocupar.

– Não posso me casar com você.

– Vou lhe dar tempo para se acostumar com a ideia.

– O tempo não fará diferença.

– Você está dizendo que jamais seria capaz de aprender a me amar? Desculpe-me, Laura, mas não acredito nisso. Acho, até, que você já me ama um pouquinho.

A emoção invadiu-a como uma chama.

– Sim, eu poderia amá-lo. Eu o amo...

– Isso é maravilhoso, Laura... – ele disse, com delicadeza. – Ah, minha querida Laura.

Ela colocou a mão para a frente, como para afastá-lo.

– Mas não posso me casar com você. Não posso me casar com ninguém.

Llewellyn olhou para ela com severidade.

– O que se passa pela sua cabeça? Deve haver algo.

– Sim, há algo.

– Você fez voto de caridade? De celibato?

– Não, nada disso!

– Desculpe-me se fui grosseiro. Conte-me, minha querida.

– Sim. Preciso lhe contar. É uma coisa que sempre achei que não deveria contar para ninguém.

– Talvez não, mas você precisa me contar.

Ela se levantou e foi até a lareira. Sem olhar para ele, começou a falar, num tom bem casual.

– O primeiro marido de Shirley morreu na minha casa.

– Eu sei. Ela me contou.

– Shirley havia saído aquela noite. Fiquei sozinha em casa com Henry. Ele tomava pílulas para dormir à noite, uma dosagem bem alta. Shirley me avisou quando saiu, gritando do lado de fora, que já tinha dado as pílulas para ele, mas eu já havia entrado em casa. Às dez horas, quando fui perguntar se ele precisava de alguma coisa, ele me disse que não tinha tomado seu remédio ainda. Então, fui pegá-lo e dei a ele. Na verdade, ele já havia tomado o remédio, mas como acabou adormecendo, confundiu-se (o que costuma acontecer com esse tipo de medicamento) e pensou que ainda não tinha tomado. A dosagem em dobro o matou.

– E você se sente responsável por isso?

– Tecnicamente, sim. Eu *sabia* que ele já havia tomado o remédio. Ouvi quando Shirley gritou do lado de fora.

– Você sabia que uma dosagem dobrada o mataria?

– Sabia que poderia matar – respondeu Laura e acrescentou, deliberadamente: – Esperava que isso acontecesse.

– Entendo – disse Llewellyn, sem se alterar. – Ele não tinha cura, não é? Digo, seria um inválido para sempre.

– Não foi eutanásia, se é isso o que você quer dizer.

– O que aconteceu depois?

– Assumi total responsabilidade e não fui considerada culpada. Levantou-se a hipótese de suicídio, ou seja, que Henry teria me dito de propósito que não tinha tomado o remédio para poder tomar uma segunda dose. Ele não tinha acesso às pílulas, devido aos surtos de depressão e fúria.

– O que você disse em relação a isso?

– Disse que achava pouco provável. Henry jamais pensaria numa coisa dessas. Continuaria vivendo por anos, com Shirley ao seu lado, suportando seu egoísmo e mau humor, sacrificando a vida por ele. Eu queria que ela fosse feliz, que vivesse sua vida. Ela havia conhecido Richard Wilding pouco tempo antes, e eles se apaixonaram um pelo outro.

– Sim, ela me contou.

– Ela até se separaria de Henry com o decorrer natural dos acontecimentos, mas um Henry doente, inválido, dependente dela... *esse* Henry ela jamais abandonaria. Mesmo não gostando mais dele, ela nunca o deixaria sozinho. Shirley era leal, a pessoa mais leal que já conheci. Entende? Eu não aguentaria que ela arruinasse sua vida. Não me importava com o que pudessem fazer comigo.

– Mas, na verdade, não fizeram nada com você.

– Não. Às vezes, desejo que tivesse sido diferente.

– Imagino que sim. Mas ninguém poderia ter feito nada. Mesmo que não tivesse sido um erro, que o médico suspeitasse de algum impulso de misericórdia, ou algum outro impulso, em seu coração, ele saberia que não havia como acusá-la, nem desejaria fazê-lo. Se as suspeitas recaíssem sobre Shirley, seria outra história.

– Essa hipótese nunca foi levantada. Uma criada chegou a ouvir Henry dizer a mim que não havia tomado o remédio e pedir para eu pegá-lo.

– Sim, tudo foi facilitado para você. – Ele olhou para ela e perguntou: – Como você se sente em relação a isso agora?

– Queria que Shirley fosse livre para...

– Não estou falando de Shirley. Estou falando de você e Henry. Como você se sente em relação a Henry? Que foi tudo para melhor?

– *Não.*

– Graças a Deus.

– Henry não queria morrer. Eu o matei.

– Você se arrepende?

– Se você está querendo saber se eu faria de novo, a resposta é sim.

– Sem remorso?

– Remorso? Ah, sim. Foi um ato de impiedade. Sei disso. Convivo com esse peso desde então. Não consigo esquecer.

— Por isso a Fundação para Crianças Excepcionais? Para fazer boas ações? Como dever, um dever severo. Sua forma de corrigir o que fez.

— É tudo o que *posso* fazer.

— E adianta?

— Como assim? Está valendo a pena.

— Não estou perguntando em relação aos outros. Adianta para *você*?

— Não sei...

— Você quer um castigo, não é isso?

— Creio que quero fazer reparações.

— Em relação a quem? Henry? Henry está morto. E, pelo que ouvi, Henry jamais se importaria com crianças excepcionais. Você precisa encarar este fato, Laura: *não há como fazer reparações.*

Ela ficou imóvel por um momento, como que em estado de choque. Depois, jogou a cabeça para trás e a cor voltou ao seu rosto. Olhou para ele com ar desafiador, e o coração dele bateu mais forte, em súbita admiração.

— É verdade – ela disse. – Tenho tentado, talvez, me esquivar disso. Você me mostrou que é impossível. Eu lhe falei que não acredito em Deus, mas eu acredito. Sei que o que fiz foi pecado e acredito, no fundo do meu coração, que serei condenada por isso. A menos que me arrependa. Mas eu não me arrependo. Fiz o que fiz de propósito. Queria que Shirley tivesse uma chance, que ela fosse feliz, e ela *foi* feliz. Sei que não durou muito tempo... só três anos. Mas se por três anos ela foi feliz, mesmo tendo morrido jovem, valeu a pena.

Ao olhar para ela, Llewellyn sentiu-se tentado a permanecer calado, a jamais lhe contar a verdade. Deixá-la na ilusão, que era tudo o que ela possuía. Se ele a amava, como poderia destruir sua coragem? Ela não precisava saber.

Llewellyn foi até a janela, abriu a cortina, olhou para a rua iluminada, sem prestar atenção em nada.

Ao virar-se, falou com rispidez.

– Laura – disse –, você quer saber como sua irmã morreu?

– Ela foi atropelada...

– Sim. Mas como ela foi atropelada. Isso você não sabe. Ela estava bêbada.

– Bêbada? – Laura repetiu como se não tivesse entendido aquela palavra. – Você está dizendo que houve alguma festa?

– Não. Não houve festa alguma. Ela saiu escondida de casa e foi para a cidade. Fazia isso de vez em quando. Ia para um café e ficava tomando conhaque. Não sempre. Geralmente ela bebia em casa. Lavanda e água-de-colônia. Bebia até desmaiar. Os criados sabiam. Wilding, não.

– Shirley, bebendo? Mas ela nunca bebeu! Não assim. Por quê?

– Ela bebia porque achava a vida insuportável. Bebia para fugir.

– Não acredito em você.

– É verdade. Ela mesma me contou. Quando Henry morreu, ela perdeu o rumo. Tornou-se uma criança perdida e assustada.

– Mas ela amava Richard, e Richard a amava.

– Richard a amava, mas será que ela amava Richard? Uma paixão fugaz. Foi isso. Depois, enfraquecida pelo sofrimento e a tensão prolongada de cuidar de um inválido irascível, ela se casou com Richard.

– E não foi feliz. Ainda não consigo acreditar.

– O quanto você conhecia sua irmã? Será que alguém é igual para duas pessoas diferentes? Você sempre viu Shirley como o bebê indefeso que você salvou do fogo, uma pessoa fraca, impotente, carente de amor e proteção. Mas eu a via de outra forma, embora possa estar tão errado como você estava. Eu via Shirley como uma moça valente, aventureira, capaz de aguentar os trancos da vida, de manter o controle, usando as dificuldades para desenvolver o potencial de sua alma. Ela estava cansada e tensa, mas estava vencendo a batalha, estava fazendo um bom trabalho na vida que escolheu, de tirar Henry do desespero e trazê-lo para a luz. Senti-a triunfante na noite em que morreu. Amava Henry, e Henry era quem ela queria. Sua vida era difícil, mas valia a pena. Aí, Henry morreu, e ela voltou para um mundo de amor, proteção e ansiedade. Ela lutou, mas não conseguiu se desvencilhar. Foi nesse momento que começou a beber. A bebida abrandava a realidade. E uma vez que a bebida toma conta de uma mulher, não é fácil se livrar.

– Ela nunca me contou que não era feliz. Nunca.

– Ela não queria que você soubesse.

– E *eu* fiz isso com ela... *eu?*

– Sim, minha querida.

– Baldy sabia – disse Laura, pausadamente. – Era isso o que ele queria dizer quando falou: "Você não devia ter feito isso, minha jovem Laura". Muito tempo atrás ele me avisou. *Não interfira.* Por que achamos que sabemos o que é melhor para os outros? – Nesse momento, Laura se virou rapidamente para Llewellyn. – Ela não queria...? Não foi suicídio, foi?

– Não sabemos. Pode ser que tenha sido. Ela atravessou a rua bem na frente do caminhão. Wilding, no fundo, acha que foi.

– Não! Não!

– Mas *eu* não acho. Acho que Shirley não seria capaz de fazer uma coisa dessas. Sei que vivia à beira do desespero, mas não acredito que ela chegaria a tal ponto. Ela era uma lutadora. Continuou lutando. Mas não dá para largar a bebida de uma hora para a outra. A pessoa tem recaídas. Em minha opinião, ela atravessou a rua em direção à eternidade sem saber o que estava fazendo ou para onde estava indo.

Laura afundou no sofá.

– O que eu vou fazer? Oh! O que eu vou fazer?

Llewellyn chegou perto dela e a abraçou.

– Você vai se casar comigo. Recomeçar a vida.

– Não, jamais poderei fazer isso.

– Por que não? Você precisa de amor.

– Você não entende. Tenho que pagar pelo que fiz. Todo mundo tem que pagar.

– Como você está obcecada com essa história de pagamento!

Laura repetiu:

– Todo mundo tem que pagar.

– Sim, é verdade. Mas será que você não vê, minha querida... – hesitou antes desta última verdade cruel que ela precisava saber: – Alguém já pagou pelo que você fez: *Shirley*.

Laura olhou para ele horrorizada.

– Shirley pagou pelo que eu fiz?

Llewellyn assentiu com a cabeça.

– Sim, você terá que conviver com isso. Shirley pagou. E Shirley está morta, portanto a dívida está cancelada. Você precisa seguir em frente, Laura. Você precisa, não esquecer o passado, mas deixá-lo em seu devido lugar, na memória, não em sua vida diária. Precisa aceitar, não o castigo, mas a felicidade. Sim, minha querida, a felicidade. Você precisa parar de dar e aprender a receber. Deus age de maneira estranha conosco. Ele está lhe oferecendo amor e felicidade. Acredito piamente nisto. Aceite com humildade.

– Não posso. Não posso!
– Você precisa aceitar.
Llewellyn colocou Laura de pé.
– Eu a amo, Laura, e você me ama... não tanto quanto eu a amo, mas você também me ama.
– Sim, eu te amo.
Eles se beijaram – um beijo longo e cheio de desejo.
Depois, ela disse, sorrindo:
– Queria que Baldy soubesse. Ele ia ficar feliz!
Ao afastar-se, ela tropeçou e quase caiu.
Llewellyn a segurou.
– Cuidado! Você se machucou? Você poderia ter batido a cabeça no mármore.
– Que bobagem.
– Sim, bobagem, mas para mim você é muito preciosa...
Laura sorriu para ele. Sentiu seu amor e sua ansiedade.
Ela era amada, como desejara na infância.
De repente, de maneira quase imperceptível, seus ombros curvaram-se um pouco, como se um fardo – um fardo leve, mas um fardo – tivesse sido colocado sobre eles.
Pela primeira vez na vida, sentia e compreendia o peso do amor.

Coleção L&PM POCKET

1075. **Amor nos tempos de fúria** – Lawrence Ferlinghetti
1076. **A aventura do pudim de Natal** – Agatha Christie
1078. **Amores que matam** – Patricia Faur
1079. **Histórias de pescador** – Mauricio de Sousa
1080. **Pedaços de um caderno manchado de vinho** – Bukowski
1081. **A ferro e fogo: tempo de solidão (vol.1)** – Josué Guimarães
1082. **A ferro e fogo: tempo de guerra (vol.2)** – Josué Guimarães
1084.(17). **Desembarcando o Alzheimer** – Dr. Fernando Lucchese e Dra. Ana Hartmann
1085. **A maldição do espelho** – Agatha Christie
1086. **Uma breve história da filosofia** – Nigel Warburton
1088. **Heróis da História** – Will Durant
1089. **Concerto campestre** – L. A. de Assis Brasil
1090. **Morte nas nuvens** – Agatha Christie
1092. **Aventura em Bagdá** – Agatha Christie
1093. **O cavalo amarelo** – Agatha Christie
1094. **O método de interpretação dos sonhos** – Freud
1095. **Sonetos de amor e desamor** – Vários
1096. **120 tirinhas do Dilbert** – Scott Adams
1097. **200 fábulas de Esopo**
1098. **O curioso caso de Benjamin Button** – F. Scott Fitzgerald
1099. **Piadas para sempre: uma antologia para morrer de rir** – Visconde da Casa Verde
1100. **Hamlet (Mangá)** – Shakespeare
1101. **A arte da guerra (Mangá)** – Sun Tzu
1104. **As melhores histórias da Bíblia (vol.1)** – A. S. Franchini e Carmen Seganfredo
1105. **As melhores histórias da Bíblia (vol.2)** – A. S. Franchini e Carmen Seganfredo
1106. **Psicologia das massas e análise do eu** – Freud
1107. **Guerra Civil Espanhola** – Helen Graham
1108. **A autoestrada do sul e outras histórias** – Julio Cortázar
1109. **O mistério dos sete relógios** – Agatha Christie
1110. **Peanuts: Ninguém gosta de mim... (amor)** – Charles Schulz
1111. **Cadê o bolo?** – Mauricio de Sousa
1112. **O filósofo ignorante** – Voltaire
1113. **Totem e tabu** – Freud
1114. **Filosofia pré-socrática** – Catherine Osborne
1115. **Desejo de status** – Alain de Botton
1118. **Passageiro para Frankfurt** – Agatha Christie
1120. **Kill All Enemies** – Melvin Burgess
1121. **A morte da sra. McGinty** – Agatha Christie
1122. **Revolução Russa** – S. A. Smith
1123. **Até você, Capitu?** – Dalton Trevisan
1124. **O grande Gatsby (Mangá)** – F. S. Fitzgerald
1125. **Assim falou Zaratustra (Mangá)** – Nietzsche
1126. **Peanuts: É para isso que servem os amigos (amizade)** – Charles Schulz
1127.(27). **Nietzsche** – Dorian Astor
1128. **Bidu: Hora do banho** – Mauricio de Sousa
1129. **O melhor do Macanudo Taurino** – Santiago
1130. **Radicci 30 anos** – Iotti
1131. **Show de sabores** – J.A. Pinheiro Machado
1132. **O prazer das palavras** – vol. 3 – Cláudio Moreno
1133. **Morte na praia** – Agatha Christie
1134. **O fardo** – Agatha Christie
1135. **Manifesto do Partido Comunista (Mangá)** – Marx & Engels
1136. **A metamorfose (Mangá)** – Franz Kafka
1137. **Por que você não se casou... ainda** – Tracy McMillan
1138. **Textos autobiográficos** – Bukowski
1139. **A importância de ser prudente** – Oscar Wilde
1140. **Sobre a vontade na natureza** – Arthur Schopenhauer
1141. **Dilbert (8)** – Scott Adams
1142. **Entre dois amores** – Agatha Christie
1143. **Cipreste triste** – Agatha Christie
1144. **Alguém viu uma assombração?** – Mauricio de Sousa
1145. **Mandela** – Elleke Boehmer
1146. **Retrato do artista quando jovem** – James Joyce
1147. **Zadig ou o destino** – Voltaire
1148. **O contrato social (Mangá)** – J.-J. Rousseau
1149. **Garfield fenomenal** – Jim Davis
1150. **A queda da América** – Allen Ginsberg
1151. **Música na noite & outros ensaios** – Aldous Huxley
1152. **Poesias inéditas & Poemas dramáticos** – Fernando Pessoa
1153. **Peanuts: Felicidade é...** – Charles M. Schulz
1154. **Mate-me por favor** – Legs McNeil e Gillian McCain
1155. **Assassinato no Expresso Oriente** – Agatha Christie
1156. **Um punhado de centeio** – Agatha Christie
1157. **A interpretação dos sonhos (Mangá)** – Freud
1158. **Peanuts: Você não entende o sentido da vida** – Charles M. Schulz
1159. **A dinastia Rothschild** – Herbert R. Lottman
1160. **A Mansão Hollow** – Agatha Christie
1161. **Nas montanhas da loucura** – H.P. Lovecraft
1162.(28). **Napoleão Bonaparte** – Pascale Fautrier
1163. **Um corpo na biblioteca** – Agatha Christie
1164. **Inovação** – Mark Dodgson e David Gann
1165. **O que toda mulher deve saber sobre os homens: a afetividade masculina** – Walter Riso
1166. **O amor está no ar** – Mauricio de Sousa
1167. **Testemunha de acusação & outras histórias** – Agatha Christie
1168. **Etiqueta de bolso** – Celia Ribeiro
1169. **Poesia reunida (volume 3)** – Affonso Romano de Sant'Anna
1170. **Emma** – Jane Austen
1171. **Que seja em segredo** – Ana Miranda

1172. **Garfield sem apetite** – Jim Davis
1173. **Garfield: Foi mal...** – Jim Davis
1174. **Os irmãos Karamázov (Mangá)** – Dostoiévski
1175. **O Pequeno Príncipe** – Antoine de Saint-Exupéry
1176. **Peanuts: Ninguém mais tem o espírito aventureiro** – Charles M. Schulz
1177. **Assim falou Zaratustra** – Nietzsche
1178. **Morte no Nilo** – Agatha Christie
1179. **Ê, soneca boa** – Mauricio de Sousa
1180. **Garfield a todo o vapor** – Jim Davis
1181. **Em busca do tempo perdido (Mangá)** – Proust
1182. **Cai o pano: o último caso de Poirot** – Agatha Christie
1183. **Livro para colorir e relaxar** – Livro 1
1184. **Para colorir sem parar**
1185. **Os elefantes não esquecem** – Agatha Christie
1186. **Teoria da relatividade** – Albert Einstein
1187. **Compêndio da psicanálise** – Freud
1188. **Visões de Gerard** – Jack Kerouac
1189. **Fim de verão** – Mohiro Kitoh
1190. **Procurando diversão** – Mauricio de Sousa
1191. **E não sobrou nenhum e outras peças** – Agatha Christie
1192. **Ansiedade** – Daniel Freeman & Jason Freeman
1193. **Garfield: pausa para o almoço** – Jim Davis
1194. **Contos do dia e da noite** – Guy de Maupassant
1195. **O melhor de Hagar 7** – Dik Browne
1196(29). **Lou Andreas-Salomé** – Dorian Astor
1197(30). **Pasolini** – René de Ceccatty
1198. **O caso do Hotel Bertram** – Agatha Christie
1199. **Crônicas de motel** – Sam Shepard
1200. **Pequena filosofia da paz interior** – Catherine Rambert
1201. **Os sertões** – Euclides da Cunha
1202. **Treze à mesa** – Agatha Christie
1203. **Bíblia** – John Riches
1204. **Anjos** – David Albert Jones
1205. **As tirinhas do Guri de Uruguaiana 1** – Jair Kobe
1206. **Entre aspas (vol.1)** – Fernando Eichenberg
1207. **Escrita** – Andrew Robinson
1208. **O spleen de Paris: pequenos poemas em prosa** – Charles Baudelaire
1209. **Satíricon** – Petrônio
1210. **O avarento** – Molière
1211. **Queimando na água, afogando-se na chama** – Bukowski
1212. **Miscelânea septuagenária: contos e poemas** – Bukowski
1213. **Que filosofar é aprender a morrer e outros ensaios** – Montaigne
1214. **Da amizade e outros ensaios** – Montaigne
1215. **O medo à espreita e outras histórias** – H.P. Lovecraft
1216. **A obra de arte na era de sua reprodutibilidade técnica** – Walter Benjamin
1217. **Sobre a liberdade** – John Stuart Mill
1218. **O segredo de Chimneys** – Agatha Christie
1219. **Morte na rua Hickory** – Agatha Christie
1220. **Ulisses (Mangá)** – James Joyce
1221. **Ateísmo** – Julian Baggini
1222. **Os melhores contos de Katherine Mansfield** – Katherine Mansfied
1223(31). **Martin Luther King** – Alain Foix
1224. **Millôr Definitivo: uma antologia de *A Bíblia do Caos*** – Millôr Fernandes
1225. **O Clube das Terças-Feiras e outras histórias** – Agatha Christie
1226. **Por que sou tão sábio** – Nietzsche
1227. **Sobre a mentira** – Platão
1228. **Sobre a leitura *seguido do* Depoimento de Céleste Albaret** – Proust
1229. **O homem do terno marrom** – Agatha Christie
1230(32). **Jimi Hendrix** – Franck Médioni
1231. **Amor e amizade e outras histórias** – Jane Austen
1232. **Lady Susan, Os Watson e Sanditon** – Jane Austen
1233. **Uma breve história da ciência** – William Bynum
1234. **Macunaíma: o herói sem nenhum caráter** – Mário de Andrade
1235. **A máquina do tempo** – H.G. Wells
1236. **O homem invisível** – H.G. Wells
1237. **Os 36 estratagemas: manual secreto da arte da guerra** – Anônimo
1238. **A mina de ouro e outras histórias** – Agatha Christie
1239. **Pic** – Jack Kerouac
1240. **O habitante da escuridão e outros contos** – H.P. Lovecraft
1241. **O chamado de Cthulhu e outros contos** – H.P. Lovecraft
1242. **O melhor de Meu reino por um cavalo!** – Edição de Ivan Pinheiro Machado
1243. **A guerra dos mundos** – H.G. Wells
1244. **O caso da criada perfeita e outras histórias** – Agatha Christie
1245. **Morte por afogamento e outras histórias** – Agatha Christie
1246. **Assassinato no Comitê Central** – Manuel Vázquez Montalbán
1247. **O papai é pop** – Marcos Piangers
1248. **O papai é pop 2** – Marcos Piangers
1249. **A mamãe é rock** – Ana Cardoso
1250. **Paris boêmia** – Dan Franck
1251. **Paris libertária** – Dan Franck
1252. **Paris ocupada** – Dan Franck
1253. **Uma anedota infame** – Dostoiévski
1254. **O último dia de um condenado** – Victor Hugo
1255. **Nem só de caviar vive o homem** – J.M. Simmel
1256. **Amanhã é outro dia** – J.M. Simmel
1257. **Mulherzinhas** – Louisa May Alcott
1258. **Reforma Protestante** – Peter Marshall
1259. **História econômica global** – Robert C. Allen

1260(33). **Che Guevara** – Alain Foix
1261. **Câncer** – Nicholas James
1262. **Akhenaton** – Agatha Christie
1263. **Aforismos para a sabedoria da vida** – Arthur Schopenhauer
1264. **Uma história do mundo** – David Coimbra
1265. **Ame e não sofra** – Walter Riso
1266. **Desapegue-se!** – Walter Riso
1267. **Os Sousa: Uma família do barulho** – Mauricio de Sousa
1268. **Nico Demo: O rei da travessura** – Mauricio de Sousa
1269. **Testemunha de acusação e outras peças** – Agatha Christie
1270(34). **Dostoiévski** – Virgil Tanase
1271. **O melhor de Hagar 8** – Dik Browne
1272. **O melhor de Hagar 9** – Dik Browne
1273. **O melhor de Hagar 10** – Dik e Chris Browne
1274. **Considerações sobre o governo representativo** – John Stuart Mill
1275. **O homem Moisés e a religião monoteísta** – Freud
1276. **Inibição, sintoma e medo** – Freud
1277. **Além do princípio de prazer** – Freud
1278. **O direito de dizer não!** – Walter Riso
1279. **A arte de ser flexível** – Walter Riso
1280. **Casados e descasados** – August Strindberg
1281. **Da Terra à Lua** – Júlio Verne
1282. **Minhas galerias e meus pintores** – Kahnweiler
1283. **A arte do romance** – Virginia Woolf
1284. **Teatro completo v. 1: As aves da noite** *seguido de* **O visitante** – Hilda Hilst
1285. **Teatro completo v. 2: O verdugo** *seguido de* **A morte do patriarca** – Hilda Hilst
1286. **Teatro completo v. 3: O rato no muro** *seguido de* **Auto da barca de Camiri** – Hilda Hilst
1287. **Teatro completo v. 4: A empresa** *seguido de* **O novo sistema** – Hilda Hilst
1289. **Fora de mim** – Martha Medeiros
1290. **Divã** – Martha Medeiros
1291. **Sobre a genealogia da moral: um escrito polêmico** – Nietzsche
1292. **A consciência de Zeno** – Italo Svevo
1293. **Células-tronco** – Jonathan Slack
1294. **O fim do ciúme e outros contos** – Proust
1295. **A jangada** – Júlio Verne
1296. **A ilha do dr. Moreau** – H.G. Wells
1297. **Ninho de fidalgos** – Ivan Turguêniev
1298. **Jane Eyre** – Charlotte Brontë
1299. **Sobre gatos** – Bukowski
1300. **Sobre o amor** – Bukowski
1301. **Escrever para não enlouquecer** – Bukowski
1302. **222 receitas** – J. A. Pinheiro Machado
1303. **Reinações de Narizinho** – Monteiro Lobato
1304. **O Saci** – Monteiro Lobato
1305. **Memórias da Emília** – Monteiro Lobato
1306. **O Picapau Amarelo** – Monteiro Lobato
1307. **A reforma da Natureza** – Monteiro Lobato
1308. **Fábulas** *seguido de* **Histórias diversas** – Monteiro Lobato
1309. **Aventuras de Hans Staden** – Monteiro Lobato
1310. **Peter Pan** – Monteiro Lobato
1311. **Dom Quixote das crianças** – Monteiro Lobato
1312. **O Minotauro** – Monteiro Lobato
1313. **Um quarto só seu** – Virginia Woolf
1314. **Sonetos** – Shakespeare
1315(35). **Thoreau** – Marie Berthoumieu e Laura El Makki
1316. **Teoria da arte** – Cynthia Freeland
1317. **A arte da prudência** – Baltasar Gracián
1318. **O louco** *seguido de* **Areia e espuma** – Khalil Gibran
1319. **O profeta** *seguido de* **O jardim do profeta** – Khalil Gibran
1320. **Jesus, o Filho do Homem** – Khalil Gibran
1321. **A luta** – Norman Mailer
1322. **Sobre o sofrimento do mundo e outros ensaios** – Schopenhauer
1323. **Epidemiologia** – Rodolfo Sacacci
1324. **Japão moderno** – Christopher Goto-Jones
1325. **A arte da meditação** – Matthieu Ricard
1326. **O adversário secreto** – Agatha Christie
1327. **Pollyanna** – Eleanor H. Porter
1328. **Espelhos** – Eduardo Galeano
1329. **A Vênus das peles** – Sacher-Masoch
1330. **O 18 de brumário de Luís Bonaparte** – Karl Marx
1331. **Um jogo para os vivos** – Patricia Highsmith
1332. **A tristeza pode esperar** – J.J. Camargo
1333. **Vinte poemas de amor e uma canção desesperada** – Pablo Neruda
1334. **Judaísmo** – Norman Solomon
1335. **Esquizofrenia** – Christopher Frith & Eve Johnstone
1336. **Seis personagens em busca de um autor** – Luigi Pirandello
1337. **A Fazenda dos Animais** – George Orwell
1338. **1984** – George Orwell
1339. **Ubu Rei** – Alfred Jarry
1340. **Sobre bêbados e bebidas** – Bukowski
1341. **Tempestade para os vivos e para os mortos** – Bukowski
1342. **Complicado** – Natsume Ono
1343. **Sobre o livre-arbítrio** – Schopenhauer
1344. **Uma breve história da literatura** – John Sutherland
1345. **Você fica tão sozinho às vezes que até faz sentido** – Bukowski
1346. **Um apartamento em Paris** – Guillaume Musso
1347. **Receitas fáceis e saborosas** – José Antonio Pinheiro Machado
1348. **Por que engordamos** – Gary Taubes
1349. **A fabulosa história do hospital** – Jean-Noël Fabiani
1350. **Voo noturno** *seguido de* **Terra dos homens** – Antoine de Saint-Exupéry
1351. **Doutor Sax** – Jack Kerouac
1352. **O livro do Tao e da virtude** – Lao-Tsé
1353. **Pista negra** – Antonio Manzini
1354. **A chave de vidro** – Dashiell Hammett
1355. **Martin Eden** – Jack London

lpmeditores
www.lpm.com.br
o site que conta tudo

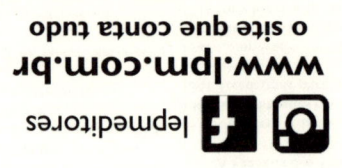

IMPRESSÃO:

PALLOTTI
GRÁFICA

Santa Maria - RS | Fone: (55) 3220.4500
www.graficapallotti.com.br